KB170990

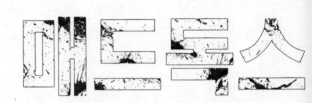

매드독스 6권

초판1쇄 펴냄 | 2017년 05월 11일

지은이 | 까마귀
발행인 | 성열관

펴낸곳 | 어울림 출판사
출판등록 / 2009년 1월 23일 제313-2009-12호
주소 / 경기도 고양시 일산동구 장항동 731 동하넥서스빌딩 307호
TEL / 031-919-0122
FAX / 031-919-0127
E-mail / 5ullim@hanmail.net

Copyright ⓒ2017 까마귀
값 8,000원

ISBN 978-89-992-4018-8 (04810)
ISBN 978-89-992-3821-5 (SET)

ULIM MODERN FANTASY

매드독스

현대판타지 장편소설

6

어울림

목차

필독

본 소설에 등장인물과 사건 및 특정용어에 대해선 현실과 전혀 무관합니다. 오로지 작가의 머릿속에서 나온 상상력이니 오해가 없으시길 부탁드립니다.

죽음으로 얻게 된 대답

　대통령궁을 치기 위해 대기 중이던 키사시는 평소보다 몇 배나 강화된 경비 배치를 보고 놀라고 있었다.

"이게 어떻게 된 거지?"

　원래대로라면 고작 수십 명 정도밖에 없었다.

　그런데 지금은 200명에 가까운 정부군들이 배치되어 경비 중이었다. 이것은 내전 때보다 더한 상태였다.

"그렇다면 시선을 돌리는 수밖에 없는 건가?"

　이렇게 될지도 모르는 상황도 예측은 하고 있었다.

　그래서 제이크와 미리 의논했고, 정부군을 한쪽으로 몰기 위해 폭파 계획도 앞당기겠다고 결정해뒀다.

"키사시. 어떻게 해야 합니까?"

옆에서 같이 기다리던 반란군의 새로운 수뇌부인 볼타가 그에게 물었다.

"다른 계획으로 변경한다. 위성전화를 줘봐."

"폭파 계획을 실행할 생각인 겁니까? 그랬다간 무고한 사람들까지 죽게 됩니다!"

볼타도 폭파 계획에 대해서 알고 있었다.

하지만 실행하지 않기를 바랐다. 그래서 보류해 달라는 듯이 말하면서 그의 지시를 되물었다.

"군인들까지 있는 판국에 어떻게 하겠나. 우리가 대통령궁을 치려면 저들의 시선을 돌리는 수밖에 없어!"

"아무리 그렇다고 해도… 다시 생각해주십시오."

"우리가 지금 하려는 것은 혁명이야! 그런 혁명에는 당연히 피를 흘릴 수밖에 없잖아!"

하지만 볼타는 그 의견에 찬성할 수 없었다.

콩고민주공화국의 분쟁은 1960년에 일어난 콩고동란에서부터 시작되었다. 그로부터 7년 후에 벨기에, 모로코, 프랑스에서 보내온 지원군으로 진압이 되었지만 반란군은 자신들의 이념을 주장하기 위해 암암리에 분쟁 활동을 이어가고 있었다. 그러던 중에 차준혁이 회귀하면서 개입하게 되어, 길고 길었던 분쟁은 종지부를 찍었다.

반란군은 역사와 같이 움직였다. 물론 분쟁 중에 수많은 이들이 피를 흘려왔다. 하지만 키사시는 그런 이념이 아닌

혁명만을 강조하고 있었다.

"키사시! 당신이 아무리 살타브의 아들이라 할지라도 혁명만을 앞세워 무고한 사람들을 죽이려고 한다면 난 찬성할 수 없습니다."

볼타의 표정은 굳건했다.

처음에는 키사시의 제안이 내키지 않으면서도 살타브의 의지를 이어가겠다고 했기에 손을 잡아줬지만, 지금의 상황은 아무리 봐도 옳지 않았기 때문이다.

"그렇다면 어쩔 수 없지요."

"허면……."

키사시가 마음을 바꿨다고 생각한 볼타의 표정이 밝아지려고 했다.

푸욱―!

그 순간 키사시가 허리춤에서 잭나이프를 꺼내더니 볼타의 가슴을 꿰뚫었다.

"사람들을 끌어모아준 당신의 힘에는 감사하지. 하지만 여기까지 만이다. 그 잘난 아버지와 곱게 하늘에서 지켜보시지."

애초부터 키사시는 모든 것이 연기였다. 오직 둘카누 왕자가 얻게 된 부와 권력을 탐했을 뿐이었다. 그래서 국제 용병인 블러디 스컬까지 끌어들였고, 블러디 스컬과 볼타에게 연기까지 하면서 설득했던 것이다.

"드디어 시끄러운 녀석이 죽었군."

키사시는 바닥으로 쓰러진 볼타에게서 시선을 떼고 위성전화를 찾았다.

"후우… 그럼 시작해볼까?"

제이크와 연락하기 위해서 번호를 눌렀다.

"왜 이러는 거지?"

발신에는 문제가 없었다. 그런데 상대방 측에서 위성전화의 신호를 잡지 못하고 있었다.

대통령궁을 치기 위해서는 정부군의 시선을 돌려야 한다. 그러려면 폭파 계획이 반드시 필요했다. 하지만 폭탄을 작동시킬 스위치를 제이크가 지니고 있었다.

"무슨 문제라도 생긴 건가?"

영문을 알지 못하는 키사시가 몇 번이고 위성전화를 껐다가 켜보았지만 아무런 소용이 없었다.

한편, 넓은 계곡 사이를 달리고 있던 제이크도 키사시에게 연락을 넣으려고 했다.

"왜 연결이 되지 않는 거지?"

그런데 원인을 알 수 없는 이유로 발신이 이루어지지 않았다.

"잭. 다른 위성전화를 줘봐라."

제이크는 기계 고장인가 싶어 조수석에 앉아 있던 잭에게 손을 내밀어 다른 전화를 건네받았다.

하지만 다른 위성전화도 마찬가지였다.

"혹시… 전파를 방해받고 있는 건가?"

"그럴 리가요. 콩고정부에서 우리의 작전을 눈치챘다고 한들 그런 작전까지 펼칠 수는 없습니다."

특정지역이라면 모를까. 지금 용병들은 지프를 타고 이동 중이었다. 게다가 울린지 개발센터에서도 상당히 떨어진 상태였으니, 전파 방해 장치가 있다고 해도 해당 지역을 이미 벗어나고도 남았다.

"다른 차량으로 무전을 넣어봐라."

그의 지시에 잭이 곧바로 무전기를 들었지만 노이즈만 들려올 뿐이었다.

"작동되지 않습니다."

"역시 뭔가 수작질을 해놨나보군."

방금 작전을 실패한 탓에 총 14명 중 7명을 잃었다.

그로 인해 남은 수도 대장인 제이크를 포함하여 그 절반인 7명밖에 되지 않았다.

"어떻게 할까요?"

"일단 킨샤샤로 간다. 이제부터 키사시와 함께 움직여야겠다."

"알겠습니다."

3명, 3명, 2명으로 나뉘어 타고 있던 3개의 지프는 잭의 손짓으로 인해 방향을 틀었다.

쾅! 콰쾅! 쾅—!

그 순간 폭발이 일어나면서 천지가 요동치는 굉음과 함

께 물이 솟구치면서 지프들을 집어삼켰다.

지뢰를 밟은 것이다.

콩고민주공화국은 얼마 전까지 분쟁을 치르던 나라였다. 그렇기 때문에 처리하지 못한 지뢰가 남아 있을 수도 있었다. 하지만 블러디 스컬이 그런 것도 미리 체크하지 않고 퇴로를 잡았을 리도 없었다.

그 사이 계곡 너머에서 지프 수십 대가 모습을 드러냈다. 모조리 콩고의 정부군이었다.

―여기는 Alpha One. 전부 처리된 것 같습니다.

그들은 블러디 스컬과 다르게 멀쩡히 무전을 사용하여 누군가에게 보고했다.

잠시 후, 그 무전을 받은 지프 한 대가 울린지 센터가 있던 방향에서 다가왔다.

그 지프는 블러디 스컬에서 놓고 간 지프였다.

하지만 운전석에는 검은색 마스크를 쓴 차준혁이 앉아 있었다. 마스크는 이제부터 본격적인 전투가 시작될 것이기에 신분을 가리기 위해서 쓴 것이다.

"Roger. 앞으로 나오지 말고 일단 대기하세요."

차준혁은 지뢰 폭발로 엉망이 된 계곡을 보면서 차를 멈추고 잠시 가만히 서 있었다.

"모두 죽은 건가?"

지뢰를 얕은 물에 심어놓은 것이다 보니 기대했던 위력

에 한참을 못 미쳤다. 그러던 중에 전복된 지프 사이에서 꿈틀거리는 인영을 볼 수 있었다.

"역시 그걸로 죽을 리가 없지."

그와 동시에 차준혁은 지프에 놓아두었던 소총을 빼들고 지프 뒤로 몸을 숨겼다.

타타타타탕—!

엉망이 된 지프 더미에서 몸을 일으킨 블러디 스컬은 전방에 있던 정부군을 향해 사격을 시작했다.

이에 작전이 성공했으리라 자만하고 있던 정부군 몇 명이 그 총에 맞고 쓰러졌다. 그러자 다른 정부군들은 급히 지프 뒤로 달려가 머리조차 들지 못했다.

'젠장! 나오지 말라고 했잖아!'

차준혁은 그 광경을 보고 속에서 욕이 튀어나왔다.

하지만 이미 늦었기에 어쩔 수 없었다.

"역시 숲을 통해서 도망칠 생각인가?"

엄호 사격이 시작되자 몇몇이 지프 사이에서 나와 숲으로 달려가고 있었다.

이에 차준혁은 총을 쏘려 했지만 후방의 지프도 발견한 블러디 스컬이 뒤로도 총을 쏘아댔다.

투두두두두두두!

소총의 연사는 지프에서 숲으로 이어지면서 발사됐다.

그것은 지프에 남은 이들에게 달려오라는 신호였다.

"가만히 둘 수는 없지."

그와 동시에 차준혁은 지프 밑으로 몸을 숙여 소총을 조준했다.

타탕!

단 두 발이었다.

탄환은 얕은 수면 위를 날아가 달려가던 용병 2명의 발목을 정확히 맞췄다. 이에 먼저 숲으로 들어간 이들은 엄호 사격이 실패했다 여기고 모습을 숨겼다.

"동료를 버리고 가겠다는 건가?"

치지직!

―따라붙겠습니다.

계곡 입구를 지키고 있던 정부군에게서 무전이 왔다.

"아닙니다. 블러디 스컬은 제가 맡을 테니, 정부군은 쓰러진 놈들을 제압하고 킨샤샤로 통하는 다른 길목만 차단시켜주세요."

매우 독단적인 지시였지만 이번 작전에 대한 지휘권은 전적으로 차준혁에게 일임된 상태였다.

때문에 정부군은 아무런 반박도 하지 않고 쓰러진 용병들을 제압하기 위해 다가갔다.

그사이 차준혁은 장비들을 챙겨 숲으로 들어섰다.

"이제 남은 녀석들은 5명인가……."

엄호 사격과 함께 움직인 블러디 스컬의 수를 파악한 것이다.

차준혁은 그대로 마스크를 살짝 벌려 진화환을 하나 삼

키고 살기를 최대한으로 일으켰다.

숲으로 흉흉한 기운이 퍼지자 총성에 깜짝 놀랐던 동물들의 소리가 고요해졌다.

"저쪽이구나."

차준혁은 탄약의 잔흔을 맡아 방향을 찾아냈다. 하지만 그 방향대로 따라가지 않고 평행이 이루어지도록 달렸다.

사사사사삭—!

○○

숲으로 도망친 5명의 블러디 스컬은 상태가 온전치 못했다. 예기치 못한 폭발로 몸 이곳저곳에 부상을 입었고, 장비들도 대부분 고장 나 있었다.

그럼에도 제이크는 부하들을 이끌고 달리는 것을 멈추지 않았다.

"허억! 허억!"

다들 거친 숨을 몰아쉬면서도 후방의 경계를 늦추지 않았다. 계곡 입구를 지키던 정부군을 보았으니, 그들이 언제 따라붙을지 몰랐기 때문이다.

"대장님!"

"왜!"

"추격해 오지는 않는 것 같습니다!"

"뭐?"

잭의 외침에 제이크는 급히 달리던 것을 멈추었다.

이에 다른 이들도 발을 멈추자 숲은 더할 나위 없이 고요해졌다. 아무런 소리도 들리지 않았다.

방금 전에 보았던 정부군이 추격해 왔다면 숲이 울려야 했으니 너무 이상했다.

"설마… 우리가 나갈 방향에 매복해 있겠다는 건가?"

산이었으니 차로 돌아간다면 더 빨랐다.

"아마도 그런 것 같습니다."

"하지만 뒤에서도 따라와야 할 텐데."

사냥이란 본디 추격해서 몰아가는 방법이 정석이다.

그걸 무시하고 제대로 된 사냥을 할 수는 없었다.

블러디 스컬은 그 방법을 누구보다 잘 깨닫고 있기에 지금의 상황을 이상하게 느꼈다.

"가서 확인해볼까요?"

"아니다. 그게 놈들이 노리는 것일 수도 있어. 일단은 장비부터 확인해보자."

지프가 전복되고 정신을 차린 뒤에 최대한 끌어모은 장비들이었다. 그 장비들을 바닥으로 내려놓고 하나씩 빠르게 확인해 나갔다.

그런데 그때 잭의 시선에 이상한 것이 눈에 띄었다.

"대장님. 이건 우리 장비가 아닙니다."

"뭐?"

잭이 확인한 것은 무전기였다.

하지만 블러디 스컬에서 지급한 것과 똑같이 생겼지만 표면에 해골 마크가 없었다.

"우리 것이 아니라면 정부군의 것인가? 그런데 뭔가 달려 있던 것 같은데?"

무전기의 전파를 잡는 송신 안테나 끝단이 인위적으로 잘려 있었다.

"혹시 이 무전기가 우리의 통신을 방해한 것은 아닐까요?"

"지금 무전기 가진 것이 있나?"

제이크는 부하들이 챙겨 온 무전기를 확인했다. 하지만 지프가 전복되면서 물에 빠졌기 때문에 멀쩡하지 못했다.

"도대체 일이 어쩌다가 이렇게까지 꼬인 거야!"

"아까 전에 두 명을 쏴서 맞춘 사내를 보셨습니까?"

"그놈 말이냐?"

그 물음에 제이크는 무사히 넘어올 수 있으리라 생각했던 부하 2명이 총에 맞아 쓰러진 것을 떠올렸다.

"정확히 발목을 노리고 맞췄습니다."

잭은 피가 튀기던 모습으로 총에 맞은 부위를 짐작할 수 있었다.

"우리의 계획을 눈치채고 용병을 고용했나보군."

"하지만 지금까지 전장을 돌면서도 그 정도의 실력은 보지 못했습니다."

잭은 두 발의 총성과 함께 쓰러진 부하들의 모습이 자신과 겹쳐지자 섬뜩해졌다.

누군지 확인하려 했지만 얼굴을 완전히 덮은 마스크를 하고 있어서 알아볼 수 없었다.

"어디 용병인 줄은 모르겠지만, 상황이 완전히 꼬여버렸어. 일단은 여기서 피하는 것이 우선이다."

"그렇다면 키사시의 계획은 어떻게 하시는 겁니까?"

계획을 실패하면서 동료들 중 대부분을 잃고 말았다.

용병으로서 피해가 막심하기 때문에 잭은 앞으로 어떻게 해야 할지가 걱정되었다.

"상황이 이러니 돌아가는 수밖에 없지. 지금 상태로 키사시와 합류해봤자 이용만 당할 뿐이야."

14명 중 5명밖에 남지 않은 지금 상황에서 무리수를 둘 수는 없었다. 베테랑 용병인 만큼 현 상황을 냉정하게 판단했다.

"대신 우릴 이렇게 만든 대가를 치르게 해줘야지."

제이크는 그 말과 함께 목에 걸어두었던 폭탄 스위치를 꺼내들었다.

"폭탄을 작동시키실 생각이십니까?"

"지금쯤이면 키사시가 대통령궁을 치고 있겠지. 성공이 코앞이겠지만… 곱게 성공하도록 둘 수는 없겠어."

물귀신 작전을 쓰려는 것이다.

이대로 키사시의 계획이 성공한다면 자신들의 희생으로 좋은 꼴만 만들어주는 것이니 말이다.

 22

"하지만 아까처럼 전파가 송신되지 않으면 터지지 않을 겁니다."

"무전기가 그런 역할을 했다면 이제는 되겠지."

이에 제이크는 아무런 망설임도 없이 버튼을 누르려 했다.

팍—!

그와 동시에 한 발의 탄환이 제이크의 손등을 꿰뚫고 지나갔다.

"아아악!"

주변에 있던 그의 부하들이 깜짝 놀라면서 총구를 들어 올렸다.

"대장님! 괜찮습니까!"

잭이 그를 급히 부축하고 나무 뒤로 급히 몸을 기댔다.

"스위치는 어디 있나!"

손등이 꿰뚫리면서 놓친 탓이었다.

이에 잭은 1m 거리에 떨어진 스위치를 집어들기 위해 손을 뻗었다.

파파팍—!

그러자 위쪽에서 날아든 총알이 스위치 주위로 박혀 들어갔다.

"저격이 따라붙은 것 같습니다."

"크윽—! 역시 사냥개를 붙여놓았나?"

제이크는 안쪽의 옷을 찢어 손등을 둘둘 감았다.

"일단은 여기서 벗어나야 합니다."

"사냥개가 붙었다면 어디로 도망치든 소용이 없다. 차라리 놈들을 뚫고 지나가는 것이 안전해."

병력이 엄청나게 많지 않은 이상 매복 뒤에 매복이 있는 경우는 드물었다.

그렇기 때문에 제이크는 강행 돌파를 결정했다.

"저격의 수는?"

"아직 파악되지 않습니다. 하지만 방향은 짐작이 가니 움직이도록 하겠습니다."

잭은 주변에 자리한 나무들의 위치를 파악하고 사격 반경이 닿지 않는 길을 찾아냈다.

"따라와라."

곧 지시를 내리고 그 방향으로 달려갔다.

"머리 좀 쓰는 녀석이 있었나보군."

차준혁은 여전히 마스크를 쓴 채로 나무 위에서 저격하던 것을 멈춘 채 미동조차 없는 적들의 위치를 확인했다.

"그보다… 방금 전에 뭔가 누르려는 것 같았는데."

차준혁은 제이크가 손에 쥔 것을 누르기 직전에 도착할 수 있었다. 그 순간 뭔가 불길한 예감이 들어 망설임 없이 방아쇠를 당겼다. 다행히 소음기를 미리 장착해놨기에 첫

발에 총성을 울리지 않고 맞출 수 있었다.

"하지만 폭탄까지 설치해놨을 줄이야."

보통 용병들은 중형화기를 사용하기는 해도 폭탄까지 손을 대지는 않는다.

하지만 이번 목표가 둘카누 왕자와 더불어 콩고민주공화국이라면 가능성도 있었다. 그리고 그 예상은 다른 용병이 그 스위치를 집어 들려고 하면서 확실해졌다.

"일단 전파 방해 거리에 들어갔으니 스위치가 작동하지는 않겠지."

지금 차준혁의 허리춤에는 잭이 발견했던 무전기와 같은 것이 걸려 있었다.

그 무전기는 정부군이 일반적으로 사용하는 것으로, 딱히 특별한 점은 없었다.

대신 안테나 위로 주파수증폭기가 달려 있을 뿐이었다.

물론 증폭기는 차준혁이 IIS요원으로 있으면서 배운 지식으로 자체 제작해서 만들었다.

즉, 임시방편으로 만든 통신방해 장치인 것이다.

"전략전술에 제1원칙은 통신을 끊어 놓는 것이지."

어디 있는지 모를 키사시와의 통신을 두절시키기 위해서였다.

그 덕분에 울린지 센터에 갇히게 만든 용병들과 통신을 두절시켰고, 지금처럼 폭탄의 위치도 막을 수 있었다.

"키사시에게 폭탄 스위치가 없길 바라야겠군."

차준혁은 나무를 타고 이동했다.

살기는 여전히 유지되는 중이었다.

다만 평소보다 더욱 짙게 뿜어내 상대방이 위치를 알아내는 데 혼선이 생기도록 조치해 놓았다.

타탁! 탁!

'제2원칙은 원점 타격.'

그 생각대로 차준혁은 원숭이처럼 나무를 타면서 블러디 스컬의 대장이 있는 곳으로 향했다.

"이크!"

타타탕!

갑자기 밑에서 총알이 솟아올랐다.

살기로 오감을 증폭시켜 놓은 덕분에 차준혁은 그것을 미리 느끼고 잡으려던 나뭇가지를 지나가버렸다.

지탱할 곳을 잃게 된 차준혁은 그대로 밑으로 떨어지면서 나무들을 발로 차 옆으로 뛰었다.

타타탕! 타탕!

그런 차준혁을 맞추기 위해 방향을 틀어 돌아온 잭과 부하가 열심히 총을 쏴댔다.

하지만 단 한 발도 차준혁에게 닿지 않았다.

차준혁은 나무를 크로스로 밟으면서 내려와 착지했다.

'두 명인가?'

발사된 소총의 총성 리듬으로 알아낼 수 있었다.

'밑에서 소총은 사용하기 힘들겠어.'

소총은 연사와 위력이 좋았지만 근거리에서 방향전환이 힘들었다. 거기다 굵직한 나무들이 빼곡하니 갑작스런 상황에 대처하기가 어려울 수도 있었다.

이에 차준혁은 소총을 등에 매고 둘카누 왕자에게 부탁해서 만든 권총을 뽑아들었다.

탄두가 고무로 된 총이었다.

"후우… 시작해볼까?"

오랜만에 진짜 전장으로 뛰어들게 된 것과 같았다.

타탕!

갑자기 달리기 시작한 차준혁은 엉뚱한 방향으로 방아쇠를 당기면서 발을 멈추지 않았다.

"저쪽이다!"

대놓고 인기척이 느껴지자 잭과 부하는 그 방향으로 총을 쏘아댔다.

투두두두두두두!

하지만 굵은 나무들에게 가로막혀 벗겨진 나무껍질만 사방으로 튈뿐이었다.

잭은 어렵게 발견한 차준혁이 나무 사이를 가로지르자 인정사정없이 방아쇠를 당겨댔다.

퍽—!

그러다 둔탁한 소리와 함께 옆에서 같이 총을 쏘던 부하가 쓰러진 것을 보았다.

"주위에 다른 병력이 대기 중이었던 건가? 하지만 거리 상으로 이렇게 가까이 올 수가 없을 텐데!"

차준혁의 뒤통수를 잡기 위해서 멀리 돌아왔다.

병력이 더 있었다면 그때 발견되었어야 했다.

하지만 아무것도 보지 못했기에 지금 상황을 이해할 수 없었다.

"부, 부대장님."

"괜찮은가?!"

죽은 것이라 생각했던 부하가 힘겹게 입을 열자 잭은 깜짝 놀라 물었다.

"일반 총이 아닌 것 같습니다."

부하는 자신의 쇄골 아래에 꽂혀 있던 탄을 그에게 내밀어 보였다. 바로 고무로 만들어진 탄환이었다.

그것을 본 잭은 어이가 없다는 표정으로 차준혁을 마지막으로 보았던 방향을 쳐다봤다.

"우리를 가지고 놀겠다는 것이냐!"

고무탄환의 의미를 모르니 잭은 분노가 치솟았다.

하지만 차준혁이 어디 있는 줄은 몰랐다.

타탕! 탕! 타타!

다시 총성이 숲을 울렸다. 그와 동시에 잭과 부하는 서로를 등지고서 사방을 훑었다.

팍! 파팍! 팍!

순간 총성이 아닌 둔탁한 소리가 들리더니, 그 둘의 전신

이곳저곳으로 충격이 전해졌다.

"크윽…! 뭐, 뭐야……!"

잭이 충격을 느낀 곳은 오른쪽 가슴과 왼쪽 옆구리였다. 손으로 그곳을 짚자 아까와 같은 고무탄두가 자리 잡고 있었다.

"어떻게… 이, 이런 사격을…….”

옆에 서 있던 부하도 비슷한 곳을 맞아 이미 쓰러진 상태였다.

"네, 네놈…….”

잭은 자신을 향해 다가온 마스크를 쓴 사내를 보면서 정신을 잃었다.

"역시 블러디 스컬의 부대장 잭 폴란이었군.”

차준혁이 쓰러진 잭을 보면서 중얼거렸다.

IIS 시절에도 블러디 스컬의 대장인 제이크의 오른팔이었기 때문이다.

"이 녀석의 명도 여기까지겠지.”

이에 차준혁은 준비해둔 케이블 타이를 꺼내 그들의 관절을 꺾어 놓은 뒤 묶어버렸다. 그 정도면 아무리 힘이 좋다고 해도 절대 풀지 못할 것이다.

"그럼 나머지를 처리하러 가볼까.”

걸음을 옮긴 차준혁은 다시 살기를 피워 올렸다.

오감이 예민해지면서 총에서 묻어나오는 초연반응의 잔향을 잡아낼 수 있었다.

한편, 부하 2명과 나무 뒤에 숨어 있던 제이크는 난리가 나던 숲이 잠잠해지자 의문이 들었다.

"어떻게 된 거지? 설마 당한 건가……?"

의문은 길지 않았다. 아군의 육체적 상태가 좋지 않은 지금은 더 이상 작전을 속행하기가 힘들었다.

당연히 선택해야 할 사항은 단 하나뿐이었다.

"우리는 이대로 퇴각한다."

"알겠습니다."

부하들도 그런 상황판단에 토를 달지 않았다.

퇴각하기 위해 주위부터 경계했다.

"그보다 이건 왜 작동을 안 하는 거야!"

제이크는 버튼을 계속 눌러보면서 조그맣게 외쳤다.

폭탄이 작동했다면 버튼 상부의 램프가 초록색으로 깜박여야 하기 때문이다.

하지만 계속 눌러봐도 붉은색 램프만 들어왔다.

차준혁이 무전기를 개조해서 만든 전파 방해 장치가 근처에서 작동된 덕분이었다.

"대장님. 일단 주위에는 아무도 없는 것 같습니다."

"그렇다면 빨리 움직이자."

세 사람은 그대로 수풀을 헤치면서 달리기 시작했다.

빠른 걸음이면서도 최대한 기척을 죽이고 있었다.

그러나 뛰는 놈 위에 나는 놈이 있다고 했다.

사삭! 삭! 삭—!

차준혁은 그들 위로 나무를 타면서 따라붙었다.

'더 이상 시간을 끌면 안 되겠어.'

폭탄을 설치했다고 확인되었으니 빨리 처리하고 킨샤샤로 가봐야 했다. 자칫 인파가 많은 곳이라면 정말 큰일이기 때문이다.

타탕! 탕!

그와 동시에 차준혁은 방아쇠를 당겼다.

세 발의 탄환이 제이크와 그의 부하들에게 날아들었다.

탄환은 세 사람의 방탄조끼로 보호되지 않는 쇄골에 꽂혔다.

"크억!"

세 사람은 신음과 함께 그대로 주저앉았다.

쿵—!

그래도 차준혁은 그들 앞에 착지했다.

"네, 네놈이… 정부군에서 고용한 용병이냐?"

제이크는 꿰뚫릴 뻔했던 쇄골을 부여잡고 영어로 외쳤다. 그래서 차준혁 또한 영어로 대답했다.

마스크까지 쓴 채로 유창한 영어가 흘러나왔기 때문에 그들은 차준혁의 정체를 알 수 없었다.

"내 정체를 굳이 말해줄 필요는 없지. 너희들은 여기서 끝인 것뿐이야."

철컥.

이내 차준혁은 총을 장전하고 그의 급소를 향해 겨눴다.

"우리가 여기서 끝날 줄 아나? 네놈을 어떻게든 찾아내서 주변 놈들까지 모조리 죽여버릴 것이다!"

그는 진심이었다.

블러디 스컬의 배후에는 그만큼의 힘이 있기 때문이다.

하지만 회귀한 차준혁이 그것을 모를 리가 없었다.

"네 녀석들의 주인인 무기상 듀케이먼 말인가? 아니면 네 녀석들을 지원해주는 쿠바의 마약상 할리스?"

두 사람 모두 대외적으로 알려지지 않은 존재들이다.

그의 대답에 제이크의 눈이 크게 떠질 수밖에 없었다.

"놀랍나? 하지만 어쩌지? 그 녀석들도 모조리 무너질 테니 말이야."

"네놈의 정체가 뭐냐!"

분노와 함께 제이크가 허리춤에 꽂혀 있던 권총을 뽑아들었다. 물론 맞아줄 차준혁이 아니었다.

우드득!

무회로 파고들어서 용절로 그의 팔을 잡은 다음에 그대로 부러뜨려버렸다. 나름 제이크도 반격을 하려 했지만 팔이 휘감기듯이 꺾여버린 탓에 풀 틈도 없었다.

"아아아악!"

비명과 동시에 권총은 발사되지 못하고 바닥으로 떨어졌다.

뒤에 있던 녀석들은 그 순간에 뒤로 물러서면서 어깨에 매달려 있던 소총을 들었다.

하지만 차준혁의 몸놀림이 그들보다 빨랐다.

"근거리에서는 권총이나 나이프가 효과적이라고 배우지 못했나?"

타닥—! 투두두두두!

차준혁은 앞으로 나와 총을 쳐냈다. 그러자 방아쇠를 당긴 그들의 총구가 튕겨 나가면서 허공을 쏘아댔다.

우드득—!

뒤를 이어 차준혁은 두 사내의 한쪽 무릎을 박살 내버렸다. 격한 고통의 신음이 숲을 뒤흔들었다.

단숨에 제압되어버린 그들을 향해 차준혁이 조용히 입을 열었다.

"폭탄을 어디에 설치해놨지?"

"포, 폭탄이라니! 그게 무슨 소리냐!"

제이크는 부러진 오른팔을 부여잡으면서 소리쳤다.

물론 그 말을 차준혁이 믿을 리가 없었다.

"위성전파 방식을 쓰는 KED—002 격발 스위치. 신호만 주면 어디서든 폭탄을 작동시킬 수 있잖아."

그의 목에 매달려 있는 스위치의 정식 명칭이었다.

"어디 용병이지?"

자신들을 능히 제압할 정도의 격투기술과 사격술을 갖췄으니 용병으로 생각하는 것도 당연했다.

"미안하지만… 난 용병이 아니야."

"그럼 요원인가?"

실탄도 아닌 살상력이 부족한 고무탄환을 사용하니 요원이라고 생각된 것이다.

"내 정체는 됐고. 폭탄을 설치한 장소나 말해."

차준혁은 그의 관심보다 폭탄에 대해서만 궁금했다.

하지만 제이크는 고통 속에서도 비릿한 미소를 지어 보이면서 입을 열었다.

"그걸 말해줄 것 같나?"

작전이 실패한 것과 더불어 자신의 목숨도 보장받지 못할 상황이었다. 그런 입장에서 절대로 폭탄의 위치까지 말할 생각은 없었다.

"그럼 죽여서 묻는 수밖에 없지."

이내 차준혁은 그들이 떨어뜨린 권총을 주워서 한 사내를 향해 쏘았다.

탕—!

탄환이 부하 중 한 명의 이마를 관통했다.

살인을 하고 싶지 않았지만 폭탄의 위치를 알아내기 위해서는 어쩔 수 없었다.

"그게 무슨 말이지?"

제이크는 자신의 부하가 죽었음에도 눈 한 번 깜빡하지 않고 물었다.

"기다리면 알게 될 거야. 하지만 그 전에……."

차준혁은 그에게 다가가 무릎을 발로 짓눌렀다.

빠각—!

소름끼치는 소리와 함께 제이크의 입에서 비명이 터져 나왔다.

"아아아악!"

태무도의 태중으로 무게중심을 모아 내리찍은 것이기 때문이다.

"이 정도면 움직일 수 없겠지."

혹시나 싶어 그의 목에 걸린 폭탄 스위치도 빼놓았다.

그 뒤로 방금 전에 죽인 제이크의 부하에게 다가서서 울린지로 만든 장갑을 벗고 죽은 용병의 시신을 만졌다.

라이브 레코드가 발현되면서 차준혁은 그가 죽기 전에 보았던 모든 것을 볼 수 있었다.

그 덕분에 폭탄의 위치 또한 어렵지 않게 알아냈다.

"킨샤샤 광장에 세워둔 승합차와 공항 화장실. 마지막으로… 전력 송신탑인가?"

그의 중얼거림에 제이크의 표정이 딱딱하게 굳을 수밖에 없었다.

"어떻게 알아낸 거지?"

폭탄의 위치는 같이 계획을 도모한 키사시조차도 정확하게 알지 못했다. 그런데 차준혁이 정확하게 짚어내니 놀라는 것도 당연했다.

"그딴 것은 중요하지 않아. 넌 이제부터 평생 죗값을 치러야 할 테니까.”

차준혁은 무전기로 만든 전파 방해 장치를 끄고 정부군에게 연락을 넣었다.

“이곳의 상황은 모두 종료되었으니 와서 정리해주시면 됩니다.”

미리 준비해둔 GPS장치도 소지하고 있었다.

그 덕분에 산 밖에서 대기 중이던 정부군들이 어렵지 않게 찾아왔다.

그중에는 무라한도 포함되어 있었다.

“정말로 이들을 혼자서 쓰러트리신 것입니까?”

그는 주변에 쓰러져 있는 2명과 시신 1구를 보고도 믿기지 않는 표정이었다.

“한 명은 불가피하게 죽였습니다. 그리고 무릎을 박살내 놨으니 도망치지는 못할 겁니다. 하지만 절대로 방심하지 마세요.”

“아, 알겠습니다.”

그들이 소지했던 무기는 한쪽으로 치워진 상태였지만 나름 유능한 용병들이기 때문에 방심을 틈타서 무슨 짓을 저지를지 몰랐다.

“다른 2명은 저쪽 방향에 포박해두었습니다.”

차준혁은 방금 전 자신이 왔던 방향을 가리켰다.

“또 다른 지시사항은 없으십니까?”

이에 무라한은 기합이 바짝 들어간 표정으로 물었다.

"킨샤샤에 폭탄이 설치되어 있습니다. 그걸 해체해야 하니, 제가 말하는 장소로 사람을 불러주세요."

"포, 폭탄이요?!"

무라한과 정부군들은 깜짝 놀랐다.

"스위치는 제가 뺏어뒀습니다. 시한장치도 걸려 있지 않으니 무사히 해체하면 문제가 없을 겁니다."

차준혁은 제이크의 부하에게서 읽은 기억대로 장소를 불러주었다.

킨샤샤 공항과 광장, 마지막으로 전력 송신탑.

모두 정부군을 혼란스럽게 만들 위치였다.

차준혁의 말에 다른 이들의 얼굴은 창백해질 수밖에 없었다.

"바로 폭탄 해체팀을 보내도록 하겠습니다. 하지만 3곳 모두 보내기는 힘들 것 같습니다."

폭탄 해체는 전문적인 기술이 필요했다.

분쟁을 치르던 나라에서 3곳에 설치된 폭탄을 처리할 인원을 전부 보유하기는 힘들었다.

"그럼 광장은 제가 가겠습니다. 공항과 송신탑을 맡아주세요."

차준혁은 여전히 마스크를 쓴 채로 숲을 벗어나기 위해 달렸다.

무라한은 어안이 벙벙해진 표정으로 그 모습을 지켜보다

가 서둘러 남은 이들에게 지시를 내렸다.

"도대체 왜 연락이 안 되는 거야!!"

키사시는 여전히 블러디 스컬에게 연결되지 않는 위성전화를 들고 있었다.

대통령궁의 경비는 여전했고, 어렵게 모은 반란군들은 시간이 지날수록 초조해졌다.

사람의 결심이란 그리 오래가기가 힘들었다.

이대로 시간을 끈다면 내전을 결심한 반란군들의 마음이 흔들릴 수도 있었다.

"대기 중인 이들에게서 계속 무전이 옵니다. 뭐라고 대답할까요?"

옆에 있던 로다스가 정신없이 들어오는 무전을 듣고는 난처한 얼굴로 물었다.

"이대로 돌격했다간 개죽음밖에 되지 않아."

반란군들도 무장을 하고 있었다.

하지만 반란군의 수보다 배나 되는 정부군이 대통령궁에서 진을 치고 있으니 쳐들어가봤자 밀릴 수밖에 없었다.

이에 키사시는 초조해진 얼굴로 잠시 생각했다.

먼저 블러디 스컬에게 무슨 일이 생겼다는 추측이 들었다. 정말 그런 것이라면 둘카누 왕자를 납치하는 일이 실패했을 수도 있었다.

'폭탄을 직접 터트려야 하는 건가?'

폭파 계획은 둘카누 왕자를 납치하고 정부군을 협박하기 위한 보루였다. 그러나 지금 상황에서는 그걸 터트려야 정부군이 움직일 테고, 현 병력으로 대통령궁을 점거할 수 있을 것이다.

"볼타에게 충성심이 깊었던 녀석들이 있지?"

그 물음에 옆에 서 있던 로다스가 입을 열었다.

"몇 명이 있기는 합니다."

"2명만 1층으로 불러와라."

지시가 떨어지자 로다스는 영문을 모른 채 밖으로 나갔다.

그사이 키사시는 자신이 죽인 볼타의 시신을 힐끗 보고서 밑에 층으로 발걸음을 옮겼다.

부름을 받고 온 사내들은 20대 중반인 둔카와 베밀이었다.

그들은 볼타에게 많은 은혜를 입어 반란군에 들어왔다.

"무슨 일로 부르셨습니까?"

키사시는 그들의 물음에 탄식 어린 표정으로 천천히 입을 열었다.

"지금 계획에 문제가 생겨버렸다. 그 때문에 볼타가 송신탑으로 갔다."

"무슨 일 때문에 말입니까?"

볼타에 대한 말이 나오자 둔카와 베밀은 큰 관심을 보였다.

"우리와 계획이 새어 나갔는지 대통령궁의 경비가 삼엄해졌다. 그래서 정부군을 분산시키기 위해 폭탄을 직접 터뜨리기 위해 나선 것이다."

그 말과 동시에 키사시의 표정은 더욱 어두워진다.

누가봐도 진심으로 보이도록 연기를 하는 것이다.

두 사람은 키사시의 말을 믿고 깜짝 놀랄 수밖에 없었다.

"볼타님이 자신을 희생하시겠다고 하신 겁니까?"

"난 극구 말렸지만 소용이 없었다. 어떻게든 내 아버님의 유지를 이어야 한다면서… 크윽!"

이내 눈물까지 흘려 보이자 둔카와 베밀은 서로를 한 번 쳐다보고서 다시 입을 열었다.

"저희가 도울 일은 없는 겁니까?"

"너희들이? 난 그저 볼타가 아꼈다던 너희들에게만큼은 그 희생을 알려주기 위해 불렀을 뿐이다. 도움을 바라고자 말한 것이 아니야!"

탄식과 함께 더욱 진지해진 키사시의 얼굴은 그들의 마음을 뒤흔들어 놓았다.

"아닙니다. 저희도 돕고 싶습니다. 볼타님의 희생이 더욱 빛을 발할 수 있도록 말입니다."

키사시는 대답을 들으면서 사내들을 자신의 품으로 끌어

들였다.

키사시의 얼굴에 옅은 미소가 지어지기 시작했다.

"너희들이 그렇게까지 말해준다면… 다른 폭탄도 맡아줄 수 있겠나?"

"폭탄이 더 있는 겁니까?"

"광장과 공항에 설치되어 있다. 그것까지 모두 터진다면 우리의 성공은 확실할 것이다. 물론 볼타도 너희들을 자랑스러워하겠지."

넌지시 던진 제안은 둘의 마음에 불을 지폈다.

그만큼 볼타에 대한 충성심이 깊었기 때문이다.

"알겠습니다. 그 폭탄은 반드시 저희들이 터뜨리겠습니다."

둔카와 베밀이 동시에 대답한 뒤 키사시를 쳐다보았다.

이에 키사시는 다시 침울해진 얼굴로 그들의 어깨를 두드려주었다.

"정말 고맙구나. 우리는 절대로 너희들의 희생을 잊지 않을 것이다!"

그 뒤로 키사시는 사내들에게 폭탄이 설치된 장소와 기폭 방법을 알려줬다.

두 설명을 다 들은 사람은 굳은 의지가 담긴 표정으로 곧장 발을 옮겼다.

콩고민주공화국의 영웅

부아아아앙!

차준혁은 답답했던 마스크를 벗고 지프를 빠르게 몰아 킨샤샤로 향했다.

"설마 폭탄까지 설치했을 줄이야… 무전을 방해하려고 설치해뒀던 장치가 이렇게 도움을 주네."

블러디 스컬이 울린지 개발센터로 들어갔을 때, 차준혁은 그들이 타고 온 지프에다가 무전기로 만든 전파 방해 장치를 설치해뒀다.

그 사이 폭탄을 터뜨리려 했다면 장치 덕분에 스위치가 작동하지 않았을 것이다.

"일단 죽인 녀석을 통해 반란군의 대장이 키사시란 것도 알아냈으니 시간문제네."

천만다행하게도 폭탄은 스위치를 누르거나, 직접 기폭시키지 않으면 터지지 않도록 만들어졌다.

물론 그것도 죽인 용병의 기억을 통해서 알아냈다.

하지만 이제부터는 키사시가 어떻게 움직일지가 문제였다.

"대통령궁의 경비에 정부군을 보충시켰으니 폭탄을 터트리려고 할 텐데……."

자신들보다 많은 수의 적을 상대하기 위해서는 교란작전이 필요했다.

지금 키사시의 입장에서 그런 방법으로 폭탄을 터뜨려서 대통령궁에 있는 정부군을 움직이게 만드는 방법뿐이었다.

차준혁은 그런 자신의 추측이 들어맞지 않기를 바라면서 더욱 액셀을 밟아댔다.

덕분에 약 1시간의 거리를 30분 만에 돌파할 수 있었다.

차준혁은 킨샤샤 중앙광장에 도착했다.

광장에서는 총을 든 정부군들이 사람들을 바깥으로 몰아내고 있었다.

무라한이 먼저 연락을 넣어 수습하는 중이었다.

그와 동시에 광장 가운데 쪽으로 세워진 검은색 승합차를 발견할 수 있었다.

위치나 생김새가 용병의 기억으로 확인한 검은색 승합차가 틀림없었다.

 그렇게 차를 발견한 차준혁은 곧장 달려갔다.

 그러던 중 수상한 흑인 사내가 정부군의 눈을 피해 승합차로 달려가는 모습을 보게 되었다.

 바로 키사시의 말도 안 되는 연기에 속아 폭탄을 터트리려던 둔카였다.

 "누구지?"

 정부군이 사람들을 광장 밖으로 내보내는 중이었다.

 그러므로 반대로 움직이는 둔카의 행동은 당연히 이상해 보였다.

 "반란군인 건가? 설마… 폭탄을 직접 터트리려고?"

 둔카는 정부군이 광장 밖으로 나가는 것을 보면서 승합차의 트렁크를 열려고 했다.

 그 순간 차준혁은 정체를 숨기기 위해 썼던 마스크까지 깜박하고 사내를 향해 날아들었다.

 뒤에서 덮쳤기에 둔카는 속수무책으로 차준혁의 발차기를 맞을 수밖에 없었다.

 퍽―!

 차준혁의 공격으로 인해 둔카는 신음을 터뜨리면서 몸이 앞으로 쏠렸다.

 둔카가 열려던 트렁크가 다시 닫혔다.

 "뭐야!"

둔카는 급하게 내지른 공격에 큰 충격을 받지 않은 것 같았다.

이내 총을 뽑아들고 차준혁의 머리를 향해 망설임 없이 방아쇠를 당겼다.

거리가 너무 가까웠다. 게다가 차준혁은 살기도 일으키지 않은 상태였기에 초감각이 해제되어 있었다.

'젠장! 실수다!'

탕—!

양팔만 들어 얼굴을 가리는 것이 전부였다.

"……."

절체절명의 순간 울린지로 만든 재킷이 효과를 발휘했다.

탄환은 차준혁의 팔을 뚫지 못하고 바닥으로 떨어졌다.

그 광경에 둔카는 어찌 된 상황인지 파악하지 못하다가 재차 권총을 쏘려 했다.

하지만 가만히 있을 차준혁이 아니었다.

급히 살기를 일으켜 초감각을 깨운 후에 그의 품속으로 파고들었다.

퍽! 퍼퍼퍽!

차준혁은 태무도의 격타로 급소만 노려서 주먹과 팔꿈치를 휘둘렀다.

"커억—!"

힘의 가감은 전혀 없었다.

그 탓에 둔카는 격한 신음을 흘리더니 침까지 흘리면서 바닥으로 쓰러졌다.

"더럽게 아파 죽겠네!"

너무 근거리에서 총을 맞았다.

울린지 소재 덕분에 상처를 입지는 않았지만 탄환의 충격은 팔에 남을 수밖에 없었다.

그로 인해 팔이 욱신거리던 와중에 초감각까지 썼으니 통증이 배로 몰려왔다. 물론 진화환 덕분에 통증이 적어진 것이지만 보통 사람에게는 못으로 팔이 꿰뚫릴 정도의 통증이었다.

차준혁은 통증을 참으면서 승합차의 트렁크를 열었다.

"C4를 무식하게도 달아놨군."

폭탄은 10kg 정도의 C4에다가 위성신호 송신장치와 발화장치를 연결시켜 놓은 단순한 구조였다. 순수하게 폭발용으로 만든 것이니 복잡하게 만들지는 않았다.

하지만 C4는 500g의 양으로 집 하나는 너끈히 날릴 수 있었다. 그런데 C4가 10kg가 넘으니 당연히 긴장하지 않을 수가 없었다.

"무슨 일입니까?"

그사이 정부군들이 방금 전 총성을 듣고 급히 다가왔다.

"폭탄입니다. 그리고 이 사람은 폭탄을 직접 터뜨리려던 반란군의 멤버 같으니 잡아 놔주세요."

"포, 폭탄!"

차준혁이 스와힐리어로 말하자 정부군은 트렁크에 실린 폭탄을 발견했다.

"제가 해체할 것이니 빨리 벗어나주세요!"

"다, 당신은 누구십니까?"

차준혁의 정체를 모르는 정부군이 의심스런 눈길로 물었다.

"난 둘카누 왕자의 초청을 받아서 온 사람입니다. 이번에 반란군들을 진압하기 위해 정부군의 작전지휘를 맡았습니다."

그의 설명에 정부군은 하루 전에 공문으로 내려왔던 전령을 떠올릴 수 있었다.

"미스터 차이시군요!"

정부군을 대대적으로 움직이기 위해서는 콩고민주공화국 대통령의 승인이 필요했다. 거기다 국내인도 아닌 국외인에게 지휘권을 넘겨주는 것이니 가짜 신분을 내밀 수도 없었다.

물론 대외적으로 기밀에 붙였지만 정부군들에게는 일단 '미스터 차'라고만 호칭을 알려줬다.

"알았으면 빨리 벗어나세요."

그 말에 정부군들은 광장 밖으로 둔카를 끌고 갔다.

그사이 차준혁은 파악한 폭탄의 구조를 확인하면서 칼을 꺼내들었다.

철컥! 철컥—!

일단 위성신호 송신장치부터 해체했다.

직접 터뜨리기 위해 온 것을 보면면 더 이상 스위치가 없는 것이 확실했지만 혹시 몰랐기 때문이다.

그 뒤로는 발화장치였다.

전선들이 복잡하게 엉켜 있었지만 차준혁에게는 어렵지 않았다. 일단 장치의 전력과 연결된 전선부터 제거하여 안전을 확보한 후, 중심 장약을 완전히 분해시켰다.

"후우… 일단 이걸로 일단락된 건가?"

폭탄이 완전히 해체되자 차준혁은 안도의 한숨을 내쉬면서 트렁크에 걸터앉았다.

하지만 아직 반란이 완전히 저지된 것은 아니었다.

"폭탄을 직접 터뜨리러 왔다면… 공항과 송신탑에도 사람을 보냈다는 말인가?"

차준혁은 정부군이 둔카를 끌고 간 방향으로 달렸다.

그곳에 도착하자 방금 전 보았던 정부군들이 걱정스러운 얼굴로 그를 맞이했다.

"폭탄은 해체되었습니다. 그보다 아까 데려간 사람은 어디 있습니까?"

"묶어서 차에다가 태워놨습니다."

한 사내가 방향을 알려주자 차준혁은 어렵지 않게 둔카를 찾을 수 있었다.

둔카는 여전히 기절한 채였다.

퍽!

차준혁이 주먹을 날려 둔카를 깨웠다.

"네, 네놈은!"

둔카는 깨어나자마자 차준혁에게 달려들려고 했다.

그러나 속박당한 탓에 그럴 수 없었다.

"그리고 보니… 당신 이름 둔카 라도스인가?"

아까는 폭탄 때문에 정신이 없어서 미처 알아보지 못했다. 하지만 지금은 회귀 전에 보았던 한 사람을 떠올릴 수 있었다.

바로 반란군 수뇌부 중 한 명인 둔카 라도스였다.

"내 이름을 어떻게 알고 있는 것이지?"

"그럼 베밀 사우신과 볼타 리제프라고 알 테지?"

대답 대신에 물음이 이어졌다.

그러자 둔카의 표정은 더욱 경악으로 물들었다.

"그들과 같이 키사시의 밑으로 들어간 건가?"

차준혁은 둔카와 베밀 그리고 볼타의 관계를 잘 알고 있었다.

특히 볼타는 원래 반란군 대장이었던 살타브의 충신 중 한 명이었다. 그의 수하이자 반란군의 수뇌부였던 둔카가 앞에 있으니 짐작해본 것이다.

"네 녀석에게 그런 걸 왜 말해줘야 하지?"

"그게 사실이라면 볼타는 큰 실수를 한 것일 테니까. 키사시가 정말로 반란군의 새로운 수장으로서 어울린다고 생각하나?"

둔카는 불신이 가득했다.

그래서 차준혁은 그를 설득해 키사시의 위치를 알아낼 생각이었다. 물론 그를 죽여서 기억을 읽는다면 더욱 수월할 수도 있었다.

하지만 주변에 정부군이 가득한 상황이니 불가능했다.

"볼타님이 인정하신 분이다. 내가 그런 분을 의심해야 할 이유라도 있나?"

"키사시는 과거에 마약과 불법 광상을 운영하면서 국민까지 노예로 부려먹던 놈이야. 그런 녀석을 정말로 볼타가 인정했다고?"

그 대답과 동시에 둔카의 동공은 지진이 일어난 것처럼 심하게 흔들렸다.

"미친 소리하지 마라! 그분이 그러실 리가 없다!"

반란군들이 둘카누 왕자에게 모두 숙청당하면서 이제는 볼타만이 알고 있던 키사시의 과거였다.

당연히 둔카의 입장에서는 그 말을 믿기 힘들었다.

"너는 왜 폭탄을 작동시키려고 했지? 볼타가 그러라고 시키던가?"

"볼타님도 나처럼 폭탄을 터뜨리기 위해 가셨다!"

"어디? 송신탑? 공항?"

차준혁이 옆에 있던 정부군을 향해서 물었다.

"공항과 송신탑으로 나간 팀에게 연락을 넣어줄 수 있습니까?"

"바로 연결해보겠습니다."

정부군은 곧장 연결을 시도했다. 이제 전파 방해가 없기 때문에 문제없이 연결할 수 있었다.

"연결되었습니다."

"그곳에 있는 폭탄이 어떻게 됐는지 하고, 다른 반란군이 갔는지 확인해주세요."

이에 정부군은 다시 통신장치를 들고 이것저것 묻기 시작했다. 그러다 무슨 문제가 있는지 표정을 굳히고 급하게 통신기에서 입을 떼었다.

"송신탑의 폭탄은 해체되었지만, 공항은 지금 폭탄을 터트리려는 20대 중반의 사내가 나타나 인질을 잡고 대치 중이라고 합니다."

"그럼 송신탑으로는 아무도 없었답니까?"

"예. 그런 것 같습니다."

그 대답과 함께 둔카의 표정이 미묘해졌다.

"한쪽은 좀 위험한 것 같네요. 해결은 될 것 같다고 합니까?"

"폭탄은 저희 쪽에서 확보했다고 합니다."

상황이 매우 좋지 못했다.

차준혁은 그쪽의 일도 시급하다고 생각했지만 지금은 키사시의 위치를 알아내는 것이 더욱 큰 문제였다.

"들었겠지."

"볼타님이라면 미리 상황을 아시고 숨었을 수도 있겠

지."

"국민을 위해 반란군이 되려던 볼타가 과연 폭탄을 터트리려 할까? 너희들을 사지로 내몰겠냐는 말이다!"

회귀 전에 차준혁은 볼타와 마주했던 적이 있었다.

때문에 그가 얼만큼 국민을 생각하며 반란군이 되었는지를 잘 알았다. 당연히 그런 볼타가 둔카에게 폭탄을 터트리라 했을 리가 없었다.

"그, 그건……."

"키사시가 있는 곳을 불어! 그렇지 않으면 정말 반란군은 악랄한 놈에게 이용당하게 될 뿐이야!"

차준혁이 멱살을 잡고 윽박지르자 둔카는 더욱 동요하면서 어찌할 바를 몰랐다.

"다른 동료와 동족들을 지키기 위한다면 당장 말해!"

살기까지 풀풀 흘러나오는 분위기 탓에 둔카는 더욱 압박을 받았다.

또한 키사시에 대한 의심이 더욱 깊어지면서 자신도 모르게 입을 열었다.

"피, 피라도시아의 폐건물."

"그곳에 있었나? 너의 소중한 것을 위해서라도 거짓말이 아니길 바란다."

차준혁은 그를 놓고서 발걸음을 돌렸다.

피라도시아는 광장에서 30분 정도 떨어진 위치의 거리 이름이었다.

둔카와 베밀이 폭탄을 터뜨렸다면 킨샤샤는 이미 난리가 났어야 한다.

하지만 한참이 지나도 아무런 일도 일어나지 않았다.

"왜 이렇게 잠잠한 거지?"

그 탓에 피라도시아 폐건물에 있던 키사시는 이상한 생각이 들었다.

"동지들이 아까보다 초조해 합니다."

로다스는 지금도 대기 중인 다른 반란군들의 무전을 받으면서 불안감을 떨치지 못했다.

지직! 지지직—!

—어떻게 해야 하는 겁니까?

—로다스! 키사시님은 계속 대기하라는 지시뿐인가?

계속해서 울려대는 무전기 때문에 키사시는 평온함을 잃고 소리쳤다.

"젠장! 제발 그 무전 좀 꺼!"

"하지만 대답해주지 않으면 무슨 일이 벌어질지 알 수 없습니다."

점점 답답해지는 상황 탓에 로다스는 안절부절못하면서 무전기를 쳐다봤다.

그런데 그때 이상한 일이 벌어졌다.

무전기의 소리가 뚝 끊기더니 아무런 소리도 들리지 않았다.

"응······?"

때문에 로다스가 무전기의 상태를 확인해봤지만 전원이나 배터리에는 아무런 문제가 없었다.

"이제야 좀 조용해졌군."

키사시는 이상해진 무전기의 상태를 떠나 고요해진 분위기에 만족했다.

하지만 그런 분위기는 오래가지 못했다.

투두두두두! 투두두두!

갑자기 1층에서 시끄러운 총성이 울려댔기 때문이다.

"···뭐지?"

그 탓에 키사시는 인상을 잔뜩 구길 수밖에 없었다.

"확인해보겠습니다."

로다스가 계단으로 내려갔다.

그것이 마지막이었다.

누구든 보고하러 올라오지도 않았고, 어느새 총성도 멈춰 있었다.

"무, 무슨 일이야!"

아무런 대답도 들려오지 않았다.

그 탓에 키사시도 확인을 해보고 싶었지만 정적과 함께 두려움이 밀려오기 시작했다.

"뭐, 뭐지······?"

저벅. 저벅.

정적 뒤로 무거운 발자국 소리가 들려왔다.

키사시는 총을 빼들고 기둥 뒤로 가서 숨었다.

그러다 점점 커지는 불안감에 창문으로 다가섰다.

"설마… 정부군이 들이닥친 건가? 그렇다면…….."

끝내 반란군을 버리고 도망치기로 결정했다.

철컥!

그 순간 머리 뒤에서 총이 장전되는 소리가 들렸다.

바보가 아닌 이상에야 움직이면 안 된다는 것을 알 수 있었다.

"누구냐……?"

"네 녀석을 잡아갈 저승사자."

키사시의 뒤로 나타난 사람은 바로 차준혁이었다.

하지만 키사시는 의미 모를 그의 대답으로 더욱 의문을 가질 수밖에 없었다.

"정부군인가? 아니, 정부군에서 이런 식으로 나타날 리가 없지."

방금 전까지 들리던 발자국 소리가 멈추고 갑자기 나타난 것이니 일반 군인일 리가 없었다.

"내가 누구인지는 중요하지 않아. 그보다 이제는 모두 끝났으니 총부터 내려놓으시지."

그 말에 키사시는 총을 바닥으로 떨어뜨리려 하다가 몸을 빠르게 돌렸다.

탕!

"크억!"

차준혁은 그의 반응에 놀라지 않고 그의 어깨를 총으로 쐈다. 반동으로 튕겨 나간 키사시는 바닥으로 쓰러졌고, 자신의 어깨를 부여잡았다.

실탄으로 장전된 권총이기에 피가 흘러내렸다.

"지금쯤이면 정부군들이 숨어 있던 반란군들을 모두 제압하고 있을 거다. 그러니 네놈의 더러운 계획은 여기서 끝이야."

"크윽…! 이렇게 계획이 실패할 줄이야. 하지만 이걸로 끝이라고 생각하지 마라!"

다른 방법이 남았다는 듯이 키사시의 얼굴에서는 미련이 사라지지 않았다.

"혹시나 블러디 스컬을 생각하는 것이라면… 쓸데없는 생각따위는 버리는 것이 좋을 거야."

차준혁이 품속에 넣어두었던 폭탄의 스위치를 꺼내 흔들어 보였다.

"그, 그걸 어떻게… 네 녀석이 가지고 있는 것이지?"

"블러디 스컬이 소용없게 됐다는 말이지."

키사시는 자신이 붙잡혀도 블러디 스컬이 해결해줄 것이라고 믿었다.

하지만 그들의 대장 제이크가 지니고 있던 폭탄의 스위치를 보자 차준혁의 말을 믿을 수밖에 없었다.

타다다다닥!

계단에서 요란스런 발자국 소리가 울렸다.

정부군이 차준혁의 뒤를 이어 도착한 것이다.

그들은 전방으로 총을 겨눈 채 들어와서는 바닥에 쓰러진 키사시를 보게 되었다.

"미스터 차. 모든 반란군 진압이 완료되었습니다."

울린지 개발센터 쪽에 있던 무라한도 마침 그들과 합류하고 얼굴을 내밀었다.

"공항 쪽은 어떻게 됐습니까?"

"인질이 잡혀서 문제가 되었지만 무사히 해결할 수 있었습니다."

"알겠습니다. 그럼 마무리를 부탁드립니다."

차준혁은 그의 보고에 만족하고 안도의 한숨을 내신 뒤에 거리로 나갔다.

주변에는 진압되어 연행 중인 반란군들이 수두룩했다.

그리고 콩고의 국민들은 그런 반란군들의 모습을 수군거리면서 지켜보고 있었다.

신지연은 한국으로 돌아와 집에서 차준혁이 돌아오기만을 기다리고 있었다.

그러던 중에 방에서 나와 거실로 내려갔다.

거실에서는 부모님이 TV를 보고 계셨다.

그동안 웬만큼 안정을 찾아 많이 괜찮아지신 듯했다.

"뭐 필요하니."

소파에 앉아 과일을 깎던 어머니가 신지연에게 물으셨다.

"물 마시려고요."

"그럼 말을 하지."

주방으로 향한 신지연은 물을 꺼내 컵에 따라 마셨다.

다시 거실로 나가자 부모님이 보고 계시던 TV로 시선이 갔다.

TV에서는 국제뉴스가 나오고 있었다.

그다지 특별한 내용은 없었다.

이에 신지연은 물 잔을 든 채로 다시 방으로 올라가기 위해 발걸음을 옮겼다.

[이번에는 콩고민주공화국의 소식입니다. 어제 낮, 콩고민주공화국은 또다시 분쟁이 시작될 뻔했습니다.]

[반란군 약 200여 명이 폭탄테러와 더불어 대통령궁과 최근 울린지 사업으로 유명인사가 된 둘카누 왕자를 노렸다고 합니다.]

[콩고민주공화국은 이번 내란 위기를 소수의 희생만으로 무사히 해결했다고 성명(聲明)을 발표했습니다.]

[발표된 피해 인원은…….]

쨍그랑—!

신지연은 어느새 고개를 돌려 뉴스를 보다가 잔을 떨어뜨리고 말았다.

"지연아… 왜 그러니?"

그 소리에 어머니가 깜짝 놀라 물으셨다.

"주, 준혁 씨……."

하지만 신지연은 어머니의 말을 듣지 못하고 곧장 자신의 방으로 올라갔다.

그리고는 핸드폰에 저장된 차준혁의 번호를 눌렀다.

하지만 콩고는 아직 서비스지역으로 들어가지 않기 때문에 연결되지 않았다.

뒤늦게 그 사실을 눈치챈 신지연은 다시 방을 나서서 거실을 지나쳤다.

"지연아! 너 어디 가니!"

어머니가 신지연을 다급히 부르셨지만 멈추지 않았다.

밖으로 나간 신지연은 곧바로 택시를 잡아타고 차준혁의 집으로 향했다.

"언니……."

다행히 집에는 차준희가 있었다.

하지만 그녀도 방금 전 뉴스를 봤는지 눈가에 눈물 자국이 남아 있었다.

"혹시 준혁 씨한테 연락 안 왔어?"

"아니… 안 왔어."

내란이 해결되었다고는 하지만 차준혁의 소식이 없으니 그녀들로서는 걱정될 수밖에 없었다.

"준희야… 누가 온 거니……?"

안에서 차준희의 어머니가 힘이 빠진 목소리로 물으셨다. 거실에서 같이 뉴스를 보다가 너무 놀라신 탓이었다.

"지연이 언니가 왔어요."

두 사람은 같이 거실로 들어갔다.

TV에서는 킨샤샤에 있던 외신기자들이 캠코더로 운 좋게 찍은 영상이 나오고 있었다. 정부군이 폭탄 때문에 사람들을 광장에서 몰아내는 모습이었다.

그러던 중에 카메라의 방향이 광장 중앙에 세워진 검은 승합차로 향했다.

"어, 엄마! 저 사람… 오빠 아니에요?"

갑자기 돌아간 카메라의 초점이 점점 명확해지자 TV를 보던 세 여자의 눈이 커다랗게 떠졌다.

처음 보는 남청색의 재킷과 바지였지만 얼굴은 분명히 차준혁이었기 때문이다.

"준혁이가 왜 저기에……."

카메라는 차준혁이 반란군인 둔카를 제압하고 폭탄을 해체하는 장면까지 확실하게 찍고 있었다.

그와 동시에 TV 하단에 설명이 나왔다.

[폭탄테러범을 제압하고 폭탄을 해체 중인 의문의 아시아인.]

대외적으로는 차준혁의 정체가 비밀이었기에 외신기자들은 아시아인이라고만 붙였다.

영상은 차준혁이 폭탄을 해체한 후에 정부군이 모인 곳으로 들어가면서 바뀌었다.

"그럼… 준혁 씨는 무사한 거야?"

신지연이 차준희에게 물었다.

물론 그녀도 알 방법은 없었다.

"모르겠어. 그런데 감사인사만 하고 바로 온다고 하더니… 왜 저기서 저러고 있는 거야."

"그래도 무사한 것을 보니 안심이 되는구나."

차준희의 의문과 달리, 소파에 앉아 계시던 어머니는 멀쩡한 차준혁의 모습을 보고 안도하셨다.

신지연 또한 안심이 되는지 눈물이 흘렀다.

"하여간! 돌아오기만 해봐!"

"이 아가씨는 왜 우는 거니?"

어머니는 신지연의 행동에 의문을 가졌다.

그러자 차준희는 신지연을 토닥여주면서 어머니에게 말했다.

"지연이 언니가 오빠를 많이 좋아하나 봐요."

"우리 준혁이를?!"

이에 깜짝 놀란 어머니는 계속 눈물을 흘리는 신지연을 보면서 이내 뿌듯하다는 표정을 지으셨다.

○○

콩고민주공화국은 분쟁을 끝내고 울린지로 큰 변화를 겪던 중이었기에 외신기자들의 방문이 잦았다.

차준혁은 그 점을 미처 모르고 있었다.

거기다 폭탄을 터뜨리려던 둔카를 막기 위해서 급히 달려가다보니 마스크까지 깜박했던 것이다.

"아오! 미치겠네!"

국제뉴스에서는 마스크를 깜박한 차준혁이 둔카를 제압하고 폭탄을 해체하는 모습까지 명확하게 찍어 방송해버렸다.

이에 차준혁은 자책하면서 숙소에 누운 채 애꿎은 머리카락만 쥐어뜯었다.

가뜩이나 내란 발발 위기와 폭탄테러 미수로 모든 항공편까지 결항된 상태였다.

그것만 아니라면 몰래 빠져나가기라도 했을 것이다.

하지만 기자들은 지금도 모든 인맥을 동원해 차준혁의 정체를 알아내기 위해 나서고 있었다.

똑똑!

그때 노크 소리가 울리면서 무라한이 들어왔다.

"한국에서 전화가 왔습니다."

소파에 앉아 있던 차준혁이 일어섰다.

"누구한테 온 겁니까?"

"모이라이의 대표라고 하십니다."

울린지 사업으로 묶여 있는 모이라이에서 콩고에 관한 뉴스를 보고 연락했던 것이다.

차준혁은 거실로 나가 전화를 받았다.

"여보세요."

―너 무사한 거야?!

이지후는 차준혁의 목소리가 들리자마자 소리부터 질러 댔다.

"난 멀쩡해."

―우리가 얼마나 놀랐는지 알아?! 갑자기 내란 발발이라지 않나, 폭탄테러라지 않나!

놀라는 것이 당연했다.

차준혁도 그 입장을 이해하기에 이지후의 행동을 나무라지 않았다.

"전부 잘 해결됐어. 하지만 폭탄테러 위기 때문에 한국으로 언제 돌아갈 수 있을지는 모르겠다. 뭣 하면 우회해서 돌아가도록 할게."

폭탄이 터진 것은 아니지만 인질 농성에다가 실제로 폭탄까지 발견되었다. 그러니 각 항공사에서 항공기를 들여

보내기를 꺼려할 수밖에 없었다.

─무사하다면 다행이긴 한데… 그 영상은 어떻게 된 거야? 네가 테러범들까지 잡은 거야?

국제적으로 방송되었으니 이지후가 보지 못했을 리가 없었다.

"…내가 나설 수밖에 없던 상황이었어."

─하지만 일개 경찰이 테러범까지 잡는 것은 좀 너무하지 않냐?

기가 찼는지 이지후가 탄식을 흘리면서 되물었다.

"오버하지 마라. 그냥 옆에서 도와줬을 뿐이야."

─아무튼 이제 어떻게 해? 얼굴이 명확하게 나온 것은 아니지만, 널 아는 사람은 충분히 알아보겠던데.

영상은 캠코더로 장거리에서 찍은 것이라 선명하지는 않았다. 하지만 얼굴형이나 머리 모양 등으로 친분이 있다면 어렵지 않게 알 수 있었다.

"나야 모르지. 일단 인터넷에서 관련된 기사가 나오면 모조리 잘라버려."

─그런다고 막아지겠냐. 너라는 것이 조금이라도 드러나면 정부에서도 가만히 있지 않을 텐데.

당연한 말이었다.

내국인이 해결했다면 모를까. 관련이 있을지 없을지 모르는 외국인이 폭탄테러를 해결한 것처럼 방송되었으니, 콩고의 영웅이나 마찬가지였다.

그런 사람이 한국인인 것까지 밝혀진다면 한국정부에서도 절대 가만히 있지 않을 것이다.

"골치가 아프네……."

—그냥 겸허하게 받아들여. 아니면 이대로 경찰 때려 치우고 우리랑 같이 일하든가.

"뭐?"

—얼마나 멋지냐. 콩고의 영웅이 국제적 최고의 신생기업인 모이라이의 회장!

이지후는 뉴스의 헤드라인을 정하듯이 말했다.

그 탓에 차준혁은 포기했다는 듯이 한숨을 내뱉었다.

"됐고… 옆에 구 상무님 계셔?"

물음과 동시에 구정욱이 전화를 바꿨다.

—차 형사. 말하게.

"혹시 듀케이먼과 할리스에 대해서 아십니까?"

구정욱은 잠시 대답이 없다가 다시 입을 열었다.

—무기상 듀케이먼과 쿠바의 마약왕 할리스 말인가?

그는 전직 국정원 정보팀 팀장 출신답게 잘 알고 있었다.

"맞습니다. 그자들에 대해서 좀 알아봐주세요. 그리고 미국의 세인트메디슨컴퍼니에 대해서도요."

세인트메디슨컴퍼니는 미국의 유명 제약회사였다.

갑자기 그런 회사와 불법적인 인물들을 조사해 달라고 하니 구정욱은 이해가 되지 않았다.

"세인트메디슨에서 사용되는 마약성 약품의 주원료가

할리스를 통해서 들어가는 것입니다. 뒤를 캐본다면 자금이 운용된 페이퍼컴퍼니를 알아낼 수 있습니다."

―자네… 설마 그자들을 건드릴 생각인가? 절대로 안 될 일이네! 녀석들은 테러범들보다 위험한 놈들이야!

현재 모이라이의 목표도 만만치 않았다.

그런 이들을 해결하지도 않고 국제적 위험인물을 노리려하니 깜짝 놀랄 수밖에 없었다.

"건드리는 것이 아니고… 단번에 무너뜨릴 겁니다. 아무튼 조사 좀 해주세요."

―대체 자네가 무슨 생각을 하는지 모르겠어. 그보다 빨리 돌아오기나 하게!

통화는 그렇게 끝났다.

듀케이먼과 할리스는 국제용병조직인 블러디 스컬의 배후였다. 물론 반란군의 배후는 키사시였지만 C4와 무기를 지원해준 것은 그들이 분명했다.

당연히 콩고에서 올리지로 벌어들이는 수익을 자신들도 일부분 차지할 수 있다는 기대심으로 손을 잡은 것이다.

하지만 콩고의 일이 완전히 실패했으니 다른 계획을 세울지도 몰랐다. 그것을 방지하기 위해 차준혁은 그들보다 먼저 뒤통수를 치려 했다.

차준혁은 통화를 끝내고도 수화기를 내려놓지 못했다. 한국에 있을 가족들에게 연락하기 위해서였다.

하지만 그들도 뉴스를 봤을 테니 방금처럼 난리가 났을

것이 분명했다.

"지연이한테도 걸어봐야 하는데……."

신지연도 자신을 걱정했을 것이다.

잠시 동안 망설이던 차준혁은 신지연의 번호를 눌렀다.

―여…보세요?

기운이 쫙 빠진 신지연의 목소리가 들려왔다.

"저, 차준혁입니다."

―정말 준혁 씨예요?!

그녀가 깜짝 놀란 목소리로 되물었다.

"저 맞습니다. 뉴스 때문에 걱정이 많으셨죠?"

―흐윽…….

수화기 너머로 그녀가 흐느끼는 소리가 들렸다.

방송으로 무사하단 것을 보았지만 제대로 된 소식을 확인하지 못해 노심초사했던 탓이었다.

"왜, 왜 그러세요?"

그로 인해 차준혁은 난감해지면서 말까지 더듬었다.

―…대체 어떻게 된 거예요?

신지연은 잠깐 동안 눈물을 수습하고 물었다.

"좀 복잡한 일들이 갑작스럽게 생겼어요. 자세한 이야기는 한국으로 돌아가면 해드릴게요."

―언제 돌아오시는데요?

현재 테러 위험성 때문에 공항이 막혀버려서 언제라고 정확히 말할 수가 없었다.

"저도 확실하게는 모르겠어요. 하지만 여기 상황도 수습되고 있으니 금방 돌아갈 수 있을 거예요."

—알았어요. 꼭 빨리 돌아와야 해요.

오랜만에 듣는 신지연의 목소리는 모리셔스에서 헤어졌을 때보다 부드러웠다. 그만큼 마음으로 가까워졌다는 것을 알 수 있을 정도였다.

"걱정 말아요. 정말로 금방 갈게요."

[콩고민주공화국을 폭탄테러에서 구한 영웅은 차XX 씨(26세)라는 한국인으로 밝혀졌습니다.]

[방송사에서 입수한 정보로는 대한민국의 경찰로 얼마 전, 둘카누 왕자의 방한(訪韓) 당시에 경호를 했던 인연으로 콩고에 머물게 되었다가 사건에 관여한 것으로 추측됩니다.]

[콩고의 영웅이라 불리는 당사자는 전직 특수부대출신의 군인으로 우수한 실력을 가졌다고 주변 관계자들이 증언해주었습니다.]

"……."

이름 석 자만 제대로 안 나왔을 뿐이지 차준혁을 알 만한 사람들은 모두 알 수 있을 내용이었다.

"도대체 누가… 설마 부대에서? 아니면 팀에서?"

과거에 소속되어 있던 특수부대나 현재 소속된 경찰부서는 정부에서 관리하는 기관이다. 그 때문에 확실한 증거도 없이 함부로 인터뷰할 수가 없다.

차준혁은 더욱 깊이 탄식을 흘렸다.

그러면서 마스크를 깜박했던 자신을 또다시 자책했다.

"도대체 누가……!"

지금 눈앞에 있다면 사지를 꺾어놓을 기세였다.

그때 둘카누 왕자가 문을 벌컥 열면서 안으로 들어왔다.

"형제여~! 잘 쉬고 있는… 허억!"

살기등등한 차준혁의 분위기 때문에 숙소의 공기는 무거워져 있었다. 그 탓에 싱글거리면서 들어오던 둘카누는 깜짝 놀라면서 주춤거렸다.

"왔냐……?"

"왜 그래? 무슨 일……."

둘카누는 차준혁이 틀어 놓은 TV화면을 보면서 이해가 되었다.

"이것 때문에 온 거다. 우리 쪽에서 너에 대한 정보가 새어 나갔어."

"뭐? 어떻게?"

이에 차준혁은 자리에서 벌떡 일어나 더욱 살기를 내뿜으면서 그에게 되물었다.

"지난번 방한 때 경호를 맡았던 녀석이 널 알아보고 외신

기자한테 말했나봐. 물론 그 녀석도 너에 대해서 물어본 사람이 기자인 줄 몰랐다고 하네."

왕궁 경호팀은 정부군과 따로 돌아갔다.

그 탓에 정부를 통해서 함구된 차준혁에 대한 공지가 경호팀으로는 전달되지 않았던 것이다.

차준혁이 살기를 가라앉히면서 소파에 주저앉았다.

"미치겠네… 이렇게 되어버렸으면 한국정부에서도 절대 조용히 있지 않을 텐데."

"굳이 숨길 필요는 없잖아. 네가 무슨 나쁜 짓을 한 것도 아니고."

콩고의 일이 밝혀져도 겉으로는 큰 문제가 없었다.

때문에 둘카누는 아무렇지 않게 말했지만 차준혁에게는 중요한 사항이었다.

"내가 블러디 스컬을 처리한 것 때문에 주변 사람들까지 위험해질 수 있어서 그래."

표면적으로 이번 내란위기는 반란군에 대해서만 발표되었다. 뒤로 움직였던 블러디 스컬은 완전히 물 밑으로 가라앉혀서 드러나지 않도록 만들었다.

그런 상황에서 차준혁의 정체가 드러나면 블러디 스컬의 배후가 직접 움직일 수도 있었다.

물론 그들과는 마스크를 쓰고 싸웠으니 신분이 쉽게 탄로 나지 않을 것이다.

"그거라면 우리 쪽에서 처리한 것으로 조치해 놨어."

"하지만 녀석들의 정보력도 우습게 볼 수 없어."

듀케이먼이나 할리스가 아무것도 없이 국제무기상과 마약왕이 되었을 리가 없었다.

당연히 그럴 만한 힘과 능력을 가졌기에 가능했다.

때문에 차준혁은 모이라이와의 관계를 대외적으로 밝혀야 할지도 모른다고 생각했다.

모이라이가 국제적으로도 강세를 타고 있으니, 밝혀두면 아무리 그들이라도 쉽게 건드리지 못할 것이기 때문이다.

"그보다… 우리 대통령님께서 친히 널 만나고 싶어 하시는데 말이야."

둘카누의 말에 차준혁은 얼굴을 굳혔다.

"왜?"

"우리나라를 구해준 은인에게 감사인사를 하시겠다는 거지."

이에 차준혁은 난감해졌다.

하지만 이미 정체까지 탄로 났으니 어쩔 수 없었다.

"하아… 알았다. 그리고 공항 문제는 빨리 해결해봐."

"며칠 뒤면 풀릴 거야."

차준혁은 곧바로 옷을 갈아입고 차에 타기 위해 밖으로 나갔다.

그런데 담장 너머로 엄청난 인파들이 몰려 있었다.

"뭐야… 저 사람들은?"

"기자들이지. 네가 여기 머물고 있단 정보까지 흘러나갔 거든."

"진짜 미치겠다!"

지금도 담장의 철조망을 넘어서 플래시들이 터지고 있었다.

이에 차준혁은 재빨리 차에 올라탔다.

차량은 기다렸다는 듯이 시동을 걸고 숙소를 벗어나 대통령궁으로 향했다.

기자들은 그곳에서도 진을 치고 있었다.

그 탓에 차량은 천천히 앞으로 나가 기자들을 밀어내면서 대통령궁 안으로 들어갔다. 군인들은 기자들이 안으로 들어오지 못하도록 통제하느라 정신이 없었다.

그렇게 안으로 들어간 차준혁은 집무실로 들어설 수 있었다.

콩고민주공화국의 대통령 카빌론은 코끝까지 내려온 안경을 치켜 올리면서 차준혁을 보았다.

"오~! 당신이 미스터 차로군요!"

"반갑습니다. 차준혁이라고 합니다."

차준혁은 스와힐리어로 유창하게 대답해주었다.

"저 말… 우리말이 능숙하시군요."

두 사람은 집무실 가운데 놓인 소파에 앉았다.

물론 둘카누 왕자도 차준혁의 옆자리에 앉았다.

"둘카누 왕자를 통해 당신에 대해서 들었습니다. 경호를 맡아주었을 때 많은 도움을 주었다지요. 이번에도 정말 큰 도움을 받았습니다."

이에 차준혁은 겸손을 보이면서 대답했다.

"도움이 되었다면 다행이죠."

카빌론 대통령은 그런 차준혁을 보면서 털털하게 웃음을 지어 보였다.

"허허허. 관광하러 오셨을 뿐일 텐데 이런 도움까지 주셨으니… 정말로 감사드리는 바입니다."

이내 그는 고개까지 깊이 숙이면서 진지하게 말했다.

일국의 대통령으로서 나라의 위기를 구해준 차준혁에게 진심으로 감사한다는 의미였다.

광장에서 폭탄테러를 막은 것이니 그만한 은인이 어디에 있을까.

당연히 나라의 은인이라고 생각한 것이다.

"이렇게까지 하지 않으셔도 되는데…….."

차준혁은 부담스러워 그를 말리고 싶었지만 둘카누 왕자가 어깨를 잡으면서 입을 열었다.

"나도 정말 고맙다."

두 사람이 감사를 보였다.

잠시 동안 분위기가 고요하게 흘러가다가 카빌론 대통령이 말을 꺼냈다.

"그보다… 대한민국의 경찰이라고 들었는데요. 폭탄 해체기술은 어떻게 알고 계신 겁니까?"

아무리 구조가 단순해도 폭탄이었다.

목숨을 걸어야 하기 때문에 웬만한 담력과 기술이 있지 않는 이상 해체는 힘들었다.

거기다 폭탄과 연관되지 않을 경찰이 해체했으니 카빌론 대통령의 입장에서는 무척 궁금했다.

"경찰이 되기 전에 특수부대에 있었습니다. 덕분에 반란군도 제압할 수 있었고요."

현재 콩고민주공화국의 실권은 둘카누 왕자에게 쥐어진 것이나 다름없었다.

덕분에 차준혁이 군대 지휘권을 받을 수 있었다.

물론 둘카누의 아버지인 파라두 국왕도 있긴 했다.

하지만 지병이 심하다보니 국외에서 요양 중이라 대외적으로 나설 수가 없었다.

그래서 외동아들인 둘카누 왕자가 어려서부터 지금까지 계속 자국에서 활동해 온 것이다.

"그러셨군요. 대한민국의 특수부대라… 정말로 대단하군요."

카빌론 대통령은 차준혁이 실질적으로 테러를 막는 데 일조한 것까지는 모르고 있었다. 그저 광장에서 폭탄테러를 막은 것이 전부라고 생각했다.

물론 그것 하나만으로도 수많은 국민들을 살린 것이기 때문에 큰 은인이라고 여겼다.

"좋게 봐주신다면 감사할 따름이죠."

"감사는 저희가 드려야지요. 당신은 콩고의 은인이시자 영웅이십니다."

카빌론 대통령은 또다시 진심으로 고마워했다.

차준혁이 해결해준 일은 그만큼 엄청났다.

"그러니 원하시는 것이 있다면 무엇이든 말씀해주세요. 무엇이든 최선을 다해서 보답해드리겠습니다."

"저는 그다지 필요한 것이 없는데요."

현재 차준혁은 부족한 것이 없었다.

콩고를 구해준 것도 자신의 소중한 사람들과 모이라이와의 관계를 유지하기 위함이었다.

어찌 보면 개인의 이득을 위해서 한 일이니 감사인사를 받기가 부담스러웠다.

"허허허! 제가 콩고의 은인이자 영웅이신 미스터 차를 난처하게 만들었나 봅니다."

더욱 부담스런 호칭까지 붙자 차준혁은 난감할 수밖에 없었다.

"그렇다면 항공편 문제만이라도 빨리 해결해주실 수 없으십니까?"

차준혁은 그나마 바라던 것을 꺼냈다.

그런데 카빌론 대통령의 표정이 미묘해졌다.

"항공편이라면 미스터 차에 한해서 해결이 된 상태입니다."

"예? 그게 무슨 말씀이신가요?"

해결해주겠다는 것도 아니고, 해결이 되었다는 말이었다.

방금 전 숙소를 나올 때까지도 해결되지 않았기에 이상할 수밖에 없었다.

"대한민국 정부에서 당신을 위해 전세기를 보내주겠다고 하더군요."

결국 정부에서도 국제뉴스에서 방송된 것을 보고 조치를 취한 것이다.

그러나 차준혁의 입장에서는 그런 정부의 성의가 달갑지만은 않았다.

"그런가요……?"

"뭔가 내키지 않는 것 같군요."

"방금 전까지 항공편을 내놓으라는 듯이 말하더니 왜 그래?"

둘카누 왕자도 차준혁의 반응을 이상하게 보고 물었다.

"아무것도 아니야."

차준혁은 대충 대답하고는 잠시 생각에 잠겼다.

그사이 카빌론 대통령이 다시 입을 열었다.

"미스터 차에게는 이번 일로 영웅 훈장을 수여할 생각입니다. 그리고 명예국민의 칭호를 내려, 언제든 얼마만큼이든 콩고에 머무를 수 있도록 하려고 합니다."

영웅 훈장 하나만으로도 엄청났다.

하지만 수많은 국민들을 폭탄의 위협 속에서 구해낸 것

이기 때문에 받을 만한 자격이 충분했다.

"알겠습니다."

차준혁은 거절해봤자 소용없다는 것을 깨닫고는 포기하듯이 대답했다.

국익(國益)이라 불리는 탐욕

청와대에서는 노진현 대통령과 더불어 각 장관, 국정원장 그리고 법치체계의 중심인 검찰청장 성재용과 경찰청장 주서원이 모여 있었다.

매우 엄숙한 분위기 탓에 다들 쉽게 입을 열지 못했다.

그러던 중에 노진현 대통령이 먼저 입을 열었다.

"다들 눈앞에 놓인 콩고민주공화국의 공문을 읽어보셨겠지요."

공문의 사본이 사람들 앞에 한 장씩 놓여 있었다.

노진현의 말에 방금 전 읽어본 그 공문으로 다시 시선이 옮겨졌다. 특히 경찰청장 주상원은 그것을 보면서 얼굴을 들지 못했다.

"혹시 모르니 제대로 읽어드리죠."

공문은 콩고민주공화국의 대통령 카빌론이 친필로 작성한 차준혁에 대한 입장이었다.

한국인 차준혁은 둘카누 왕자의 경호에 대한 보답으로 본국을 방문해주었습니다.

하지만 당국에서 벌어진 불미스런 사건에도 몸을 피하지 않고, 손수 나서서 목숨을 건 폭탄 해체와 더불어 수많은 사람들의 목숨을 구했습니다.

이에 콩고민주공화국은 차준혁에게 영웅 훈장을 하사하고 명예국민으로 인정하는 바입니다.

노진현이 공문을 다시 읽었다.

공문은 차준혁이 콩고를 구한 실적에 대해 많이 과장된 느낌이었다. 그 탓에 박승대 국정원장은 뭔가 내키지 않다는 표정으로 입을 열었다.

"차준혁 경위의 공로는 인정합니다. 하지만 특전사로서 익힌 기술로 운 좋게 반란군 한 명을 제압한 뒤, 어렵지 않은 폭탄을 제거했을 뿐입니다."

대외적으로 알려진 차준혁의 공로는 그가 말한 것과 다를 것이 없었다.

외신기자나 국내기자들이 기사들을 워낙 띄워주기 식이

로 내보내 국민들의 호기심을 더욱 크게 자극하고 있을 뿐이었다.

박승대는 그 점을 마음에 들지 않아 했다.

"틀린 말도 아니지만 실제로 수많은 사람들을 구했고, 콩고민주공화국에서 인정까지 받았습니다. 이를 우리만 부정할 수는 없지 않습니까."

물론 노진현 대통령 또한 차준혁의 공로가 과장된 사실을 잘 알고 있었다.

그러나 차준혁은 현재 콩고와 밀접해질 수 있는 연결고리가 될 수 있었다. 발전을 도모해야 할 정부로서 그런 사람을 가만히 둘 수는 없었다.

당연히 다들 알고 있는 사실이었다.

그 탓에 난감한 기색이 역력했다.

"말씀들 해보세요. 지난번에 외교부와 경제부까지 나서서 둘카누 왕자와의 협상이 어떻게 됐습니까?"

두 번의 방문에서 얻어낸 것은 몇몇 기업과의 공장 건설 및 운영에 대한 MOU체결이 전부였다.

물론 그것도 나쁜 결과는 아니었다.

다만, 모이라이라는 회사가 등장하면서 콩고와 밀접한 로드페이스까지 인수해버렸다. 그렇게 닭 쫓던 개가 지붕 쳐다보는 것처럼 상황이 진행되어버렸으니 정부로서는 답답했다.

그런 상황에서 차준혁이 콩고와의 관계에서 중요한 역할

을 해줄 수 있을 것이라 생각했다.

"아무튼 자국의 국민이 타국에서 영웅이라 불리게 되었습니다. 물론 자랑스러울 만한 일이지요. 하지만 우리는 그런 콩고의 영웅에게 어떤 처우를 주었습니까?"

노진현 대통령이 자신의 옆에 놓아두었던 서류를 테이블 위로 퍼트렸다.

촤악―!

그 서류는 경찰청에서 수집된 것으로, 차준혁이 소속된 강력 3팀에서 처리한 사건에 대한 보고서였다.

"경찰청장께서 말씀해보세요. 이런 사람에게 어째서 3개월 정직이란 처분이 내려진 겁니까?"

"대통령님. 징계 보고서를 읽어보셨으면 아시겠지만 그건 정당한 처분이었습니다."

차준혁이 천성파의 잔당들 중 대부분에게 과잉으로 대응했다는 말이었다. 물론 그중에 한 명은 평생 발목을 쓰지 못하게 되었으니 틀린 말은 아니었다.

"그렇다면 차준혁 경위가 해결한 사건에 대해서는 어째서 포상이 없었습니까?"

노진현 대통령이 우려하는 점은 따로 있었다.

콩고에서는 영웅인 차준혁을 자신들이 어떻게 대우했는지 시민들이 알면 어떻게 될까 하는 우려였다.

물론 각국마다 입장이 있기 때문에 딱히 문제 삼지 않아도 되었다. 하지만 콩고민주공화국과 친분을 쌓아야 할 상

황에서는 민감해질 수밖에 없었다.

"팀원들이 함께 해결한 사건입니다. 그걸 한 사람이 해결했다고 볼 수는 없지 않습니까."

경찰청장 주상원은 나름 소신 있게 설명하면서 스스로의 신념을 보였다.

그러나 노진현 대통령의 표정은 여전히 풀리지 않았다.

"팀원들에 대한 포상도 없던데요? 그건 어떻게 설명하실 겁니까?"

"그건……."

강력 3팀장 박광록은 누구보다 정직했다.

그래서 사건 보고서에 사건을 해결하는 데 있어서 차준혁의 활약을 확실하게 명시해두었다. 부하의 공로를 절대 빼앗지 않는 것이 박광록의 신념이기 때문이다.

그 탓에 주상원은 더욱 난처해질 수밖에 없었다.

"차준혁 경위에 대해서 어떻게 할지 경찰청장께서 직접 생각하여 보고서를 제출하세요."

"아, 알겠습니다."

노진현은 주위에 앉아 있는 각 장관들을 쳐다봤다.

"현 대한민국은 콩고민주공화국과의 관계 강화로 새로운 도약을 할 수 있을 것이라 생각합니다. 그건 다른 분들도 마찬가지겠지요."

모두가 그 말을 들으면서 고개를 끄덕였다.

울린지 사업과 더불어 최근에 각 기업들이 콩고와 국가

적 MOU를 체결하여 공장을 건설 중이었다.

이대로 관계만 잘 유지한다면 대한민국은 큰 발전을 이룰 수 있었다.

그런데 차준혁이란 엄청난 변수가 등장하고 말았다.

물론 문제라기보다는 기회에 가까웠다. 차준혁을 잘만 이용한다면 지금보다 더한 국익을 취할 수 있었다.

대통령의 설명에 이어서 외교부장관 안대봉이 입을 열었다.

"저도 공감하는 바입니다. 그러니 차준혁 경위에 대한 처우를 빨리 정하여 콩고와의 관계를 급속도로 진전시켰으면 합니다."

"혹시 처우에 대해 생각이 있습니까?"

이에 노진현 대통령은 기대심을 품고 물었다.

그러자 안대봉은 목을 한 번 가다듬었다.

"기록을 보니 경찰간부 후보생으로 들어왔더군요. 나름 관료이니, 이참에 외교부로 이동시켜서 콩고에 있는 본국의 대사로 활동시키는 것은 어떻겠습니까?"

외교부에서 차준혁을 등에 업고 나서겠다는 것이다.

그로 인해 경제부장관 유성찬은 발끈하면서 일어섰다.

"말이 되는 소리를 하세요. 일개 경위가 대사를 어떻게 맡습니까. 차라리 경제부에서 받아들여 각 기업들과의 관계를 돈독히 다져 지원해줄 수 있도록 하는 것이 낫습니다."

이런 개싸움이 또 어디에 있을까.

한 나라의 수뇌부라는 사람들이 고작 경찰간부 후보생인 차준혁을 두고 말다툼을 하기 시작했다.

그 탓에 노진현 대통령은 미간을 구기면서 소리쳤다.

"다들 그만들 하세요!"

동시에 모두가 입을 꾹 다문 후에 급히 착석했다.

"기록을 보니 차준혁 경위가 특수부대 출신이던데… 국방부장관의 생각은 어떻습니까?"

이에 조용히 입을 다물고 있던 국방부장관 서승원이 입을 열었다.

"차준혁 경위는 특임부대 중 하나인 한연부대 소속 소대장이었습니다. 누구보다 출중한 실력을 지녔으면서, 전역 당시에도 해당 부대장이 뜯어 말리기까지 했다더군요."

칭찬 일색이자 노진현 대통령은 더욱 마음에 들었다.

그러면서 차준혁을 서로 데려가고 싶어 하는 이들과 달리, 다른 대답이 나오길 바라는 눈치였다.

그러자 서승원은 생각하던 의견을 조심스럽게 꺼냈다.

"대통령님의 곁에 두시는 것이 어떻겠습니까. 경호원으로 두신다면 보기에도 좋고, 어차피 경찰청 소속이면 101단이나 경호실로 들이실 수도 있지 않겠습니까."

차준혁이 경호실 요원이 되는 것도 나쁘지 않은 방법이었다. 만약 그렇게만 된다면 노진현 대통령이 콩고를 방문할 시 좋은 이미지를 쌓을 수도 있었다.

"나쁘지 않군요. 다른 방법은 없습니까?"

차준혁에 대해 반대 의견을 내놓았던 국정원장 박승대가 앞으로 나섰다.

"대외적인 직책 외에 저희 국정원 소속으로 두는 것은 어떨까 합니다. 그리된다면 본국에게 유리한 콩고에 대한 정보도 수집할 수 있지 않겠습니까?"

차준혁을 스파이로 삼겠다는 의미였다.

하지만 대한민국의 입장에서도 나쁘지는 않았다.

잘만 한다면 국제적으로 획기적인 사업으로 꼽힌 울린지에 대해서도 파악될 수 있기 때문이다.

박승대로서도 유능한 요원을 가지게 되는 것이니 오히려 득이 될 수 있었다.

의견들은 모두 좋았지만 노진현 대통령의 표정은 좋지 못했다.

"흠… 하지만 차준혁 경위가 그러한 제안들을 거절한다면 어쩝니까?"

정작 가장 중요한 준혁의 생각을 알지 못했다.

자칫 잘못되기라도 하면 콩고에서 정부의 흑심을 알게 되는 것이니 조금이나마 진척시킨 관계까지 악화시킬 수 있었다.

다들 거기까지 생각하지 못했는지 입을 열지 못했다.

그때 서승원이 노진현에게 눈빛을 보냈다.

뭔가 있다는 의미였다.

이에 노진현 대통령은 사람들을 한 번 둘러보았다.

"일단 방책을 좀 더 마련해보기로 하고, 오늘은 해산하지요."

그 말에 다들 자리에서 일어나 밖으로 나갔다.

"국방부장관은 따로 보고 들을 것이 있으니 잠깐 남아주세요."

집무실에는 그렇게 노진현과 서승원만 남았다.

서승원은 집무실 문이 확실하게 닫힌 것을 보고 다시 입을 열었다.

"사실 차준혁 경위는 저희가 계획 중인 IIS로 영입하려던 인재였습니다."

IIS는 본래 대통령이 국방부와 함께 임기 초기부터 계획한 조직이었다.

그의 설명에 노진현은 깜짝 놀랄 수밖에 없었다.

"차준혁 경위를 끌어들일 수 있단 말입니까?"

"국가에 대한 충성심이 높은 사람입니다. 본래 군대에 남으려고 했지만 아버지와 같이 훌륭한 경찰이 되고 싶다면서 전역했다고 하더군요."

서승원은 청와대로 호출받기 전에 차준혁에 대해서 듣고, 모든 것을 조사해봤다. 물론 IIS요원 영입 면접에 대한 이야기도 포함되어 있었다.

거기다 군인을 포기하고 고른 것이 경찰이었다.

직업은 달랐지만 명맥은 다르지 않았다.

그것만 봐도 차준혁이 국가를 생각하는 마음을 느낄 수 있었다.

"가능성이 있겠군요."

노진현 대통령은 충분할지도 모른다고 생각하면서 미소를 지어 보였다.

"하지만 국정원으로 들이는 것은 반대입니다. 그곳은 이미 대통령님의 손을 떠난 조직이 아닙니까?"

서승원은 아까보다 진지해진 표정으로 물었다.

이에 노진현이 고개를 끄덕였다.

"나도 잘 알고 있습니다. 이미 다음 대선에 출마한다는 김태선 의원의 뒤를 봐주고 있으니 말입니다."

김태선은 현 대한민국 정당 중 최고 우세라 불리는 한민국당의 재선의원이었다. 나름 청렴한 의원 생활로 차기 대선주자로 꼽히고 있었다.

하지만 그의 속내와 배후는 같은 정치권력을 가진 사람이라면 잘 알고 있었다.

"콩고민주공화국은 대한민국의 일자리 창출과 더불어 큰 발전을 가져올 것입니다. 그런 곳을 말도 안 되는 놈에게 빼앗길 수는 없습니다."

"맞습니다. 그러니 차준혁 경위는 경호실로 받아들일 수 있도록 경찰청장과 의논해보도록 하세요."

국방부장관 서승원은 지시를 듣고 곧장 자리에서 일어났다.

경찰청장 주상원은 청와대에서 나와 곧바로 본청으로 들어왔다. 그리고 경무인사기획관 이정수를 불러 맞은편 자리에 앉혔다.

"청와대에서 무슨 일이 있으셨습니까?"

주상원이 완전히 똥 씹은 표정을 한 탓에 이정수가 걱정스러운 목소리로 물었다.

"다들 차준혁 경위를 영입하려고 난리더군."

"그렇다면… 정말로 차준혁 경위가 콩고의 내란문제에 관여되어 있다는 말씀이십니까?"

이정수도 국제뉴스를 통해 차준혁이 반란군을 제압하는 모습을 보았다. 물론 처음에는 알아보지 못했지만 뒤를 이어 방송된 인적사항을 통해서 확인할 수 있었다.

당연히 깜짝 놀랄 수밖에 없었다.

그로 인해 국제적인 인물이 되어버렸으니 말이다.

"콩고에서 영웅 훈장을 하사하고 명예국민으로 인정한다네. 참으로 거창한 대접이지."

"그렇다면 누구보다 콩고민주공화국과 밀접한 관계가 되었다는 말이로군요."

주상원의 설명에 이정수는 더욱 놀란 표정을 지어 보였다. 그것이 무엇을 의미하는지 잘 알기 때문이다.

"경제부, 외교부, 국정원까지 다들 차준혁을 영입하려고 난리더군. 거기다 대통령께서도 경호실 요원으로 데려가겠다고 하시고 말이야."

이제 차준혁의 존재는 경찰로서도 가볍게 여길 수 없었다.

하지만 위치상으로 다른 조직들보다 훨씬 밀렸다.

경찰청으로서는 최대한 힘을 써봤자 차준혁에게 해줄 수 있는 일은 진급과 우대 발령뿐이었다.

"저희도 방법을 마련해둬야겠군요."

"다른 곳에서도 나설 텐데… 우리가 뭘 하겠나."

그 탓에 주상원은 탄식을 흘리면서 포기하려 했다.

다른 조직에서 엄청난 위치까지 보장해줄 것이니 말이다.

"하지만 결국 선택은 사람이 하는 것입니다."

이정수가 미소를 지었다.

무슨 방법이 있다는 표정이었다.

그의 말에 주상원은 숙였던 고개를 들었다.

"그게 무슨 말인가."

"차준혁 경위는 경찰이 되기 위해서 미래가 보장되었던 군대에서조차 전역했습니다. 거기다 곧 있으면 차준혁 경우가 임용된 지 1년이 됩니다. 진급시켜줄 수 있으니 나름 파격적인 제안이 되지 않겠습니까."

경찰 규율에서는 임용 시점에서 1년 이상이 되지 않으면

어떤 경우에도 진급 대상에 포함되지 않는다.

거기다 다른 문제도 있었다.

"허나, 징계를 받았다면 힘들 텐데."

징계처분을 받으면 일정기간 동안 진급 대상에 포함될 수가 없었다.

"이건 특별한 경우입니다. 거기다 본청에 전속수사팀을 꾸려준다면 혹하지 않을까 합니다."

본청으로 소속된다면 경찰로서는 관료가 되는 데 최적의 코스였다.

그것으로도 모자라 임용된 지 1년 만에 특진까지 한다면 30대가 되기 전에 경무관에 오를 수도 있었다.

경찰에게 더할 나위 없는 최고의 대우인 것이다.

"결국은 내 권한으로 처리해야 하는 것이군."

물론 그러한 방법은 경찰청장의 승인이 떨어져야만 가능했다.

"우리에게 중요한 일이지 않습니까. 믿어주십시오!"

이정수는 주상원에게 고개를 숙이면서 청을 올렸다.

차준혁은 한국정부에서 보내준 전세기를 타고 한국으로 돌아올 수 있었다.

휑한 항공기 안에 차준혁은 혼자 앉아 있었다.

그는 창밖으로 밤하늘을 보이면서 고심에 빠졌다.

"흠… 이대로 경찰을 계속해야 하는 건가."

어처구니없는 실수로 콩고정부군을 도와주던 모습이 들키고 말았다. 그로 인해 숙소에서 출발해 킨샤샤 공항으로 들어갈 때까지도 수많은 기자들에게 시달릴 수밖에 없었다.

하지만 가장 큰 문제는 블러디 스컬을 차준혁이 처리했다는 사실 때문이다.

"듀케이먼이나 할리스가 그걸 나라고 생각하지는 않겠지만… 그래도 모를 일이지."

복면을 쓰고, 영어로만 대화했으니 블러디 스컬도 차준혁이 한국 사람이란 것을 짐작하기 힘들 것이다.

게다가 차준혁이 한 일에 대해서 확실하게 알고 있는 사람은 콩고정부에서도 극소수였다.

그들은 둘카누 왕자와 그의 측근들이었다.

하지만 정보라는 것은 어디서 샐지 몰랐다.

잘못해서 듀케이먼과 할리스가 그 사실을 알게 된다면 결코 조용하게 끝날 리가 없었다.

"혹시 모르잖아."

차라리 폭력조직이나 일반적인 범죄자들이라면 잡아서 감옥으로 보내버리면 그만이다.

하지만 듀케이먼과 할리스는 그들이 속한 나라에서도 쉽게 어쩌지 못했다. 그만한 영향력을 지닌 존재들이니 차준

혁은 걱정되었다.

"후우… 결국 어쩔 수 없는 건가."

긴 한숨과 함께 차준혁은 고뇌에 빠졌다.

그사이 전세기는 대한민국의 공역에 들어섰다.

얼마 지나지 않아 인천공항 활주로 위로 내려앉을 수 있었다.

차준혁은 전세기에서 내리기 위해 짐을 챙기다가 점점 다가오는 차량들을 보게 되었다.

"뭐지?"

수십 대의 검은색 고급 승용차였다.

그 차들은 전세기 앞에 서더니 무수히 많은 사람들이 줄줄이 내렸다.

"저 사람들은 누구야?"

정장을 입은 사람들은 차준혁이 나오기를 기다렸다.

차준혁은 깜짝 놀라다가 부담스런 상황이라는 것을 직감했다. 그는 깊은 한숨을 내쉬면서 챙기던 짐을 챙겨 전세기에서 나왔다.

짝짝짝짝짝—!

그 순간 환한 조명이 켜지면서 기다리던 사람들이 일제히 박수를 쳤다.

'그냥 조용히 집으로 가게 해줄 것이지.'

민망해진 차준혁은 고개를 푹 숙인 채 전세기의 계단을 빠르게 내려갔다.

점잖게 생긴 중년의 사내가 앞으로 나와 차준혁에게 고개를 숙였다.

"저는 대통령 비서실장인 김범준이라고 합니다. 귀빈의 복귀를 진심으로 축하드리는 바입니다."

"아, 예… 그런데 다들 저 때문에 나오신 건가요?"

"대통령께서는 스케줄이 있으셔서 미처 나오지 못하셨습니다. 대신 차준혁 경위를 부족함 없이 보필해드리라고 지시하셨습니다."

그 말은 더욱 부담스럽게 들렸다.

차준혁은 뒷머리를 긁적이다가 조심스럽게 말을 꺼냈다.

"죄송하지만… 입국장으로 제 가족들이 와 있어서요. 굳이 데려다주시지 않으셔도 될 것 같습니다."

전세기가 콩고로 띄워지고, 급하게 마련한 자리였기에 그들은 거기까지 생각하지 못한 듯했다.

김범준이 어색한 웃음을 지으면서 입을 열었다.

"저희가 그 생각을 못 했군요."

"아니요. 다른 하실 말씀이 없으시다면 이만 실례해도 되겠죠?"

"내일 청와대에서 조찬이 있습니다. 괜찮으십니까?"

갑작스런 제안에 차준혁은 발걸음을 옮기려다가 어떻게 할지 고민했다.

"알겠습니다. 참석하도록 하죠."

"내일 오전 7시까지 집 앞으로 차량을 대기시켜 놓겠습니다."

거절할까도 했지만 이참에 생전 만나보지 못했던 대통령을 직접 보기 위해 초대에 응했다.

대답을 마친 차준혁은 고개를 한 번 숙여 인사한 뒤 그들을 지나쳤다.

보통 사람이라면 지금 상황만으로 경황이 없었을 것이다. 하지만 차준혁은 냉정하게 판단했다.

지금 그 자리에 모인 이들은 장관급까지는 아니더라도 외교부와 경제부, 국방부 등등 청와대의 고위관료들이기 때문이다.

그런 사람들을 무시하고 간 것이다.

이내 몇몇 사람들은 차준혁을 건방지게 여기고 째려보기까지 했다. 물론 차준혁도 그런 시선을 느꼈지만 아무렇지 않게 입국장으로 향했다.

입국장 앞에는 눈이 빠지도록 차준혁을 기다린 가족들이 서 있었다.

"오빠!"

다들 걱정을 많이 했는지 표정이 좋지 못했다.

그때 차준희가 뛰어들면서 차준혁에게 안겨왔다.

"이 녀석아! 오빠 피곤할 텐데 그렇게 매달리면 어떻게 해!"

어머니가 차준희를 나무라셨다. 그러면서 자신도 모르게 안도의 눈물을 흘리셨다.

차준희도 마찬가지였다. 걱정을 많이 했는지 차준혁에게 매달리듯이 안긴 채로 울었다.

"아버지, 어머니… 걱정 끼쳐드려서 죄송합니다……."

"우리가 얼마나 조마조마했는지 아니?"

"흠! 흠!"

입국장 앞은 그렇게 눈물바다가 되었다.

그 탓에 옆에 서 계시던 차준혁의 아버지인 차문호는 괜히 민망해졌는지 헛기침을 연발했다.

"아버지… 저 돌아왔습니다."

"고생했다."

차문호는 아들의 어깨를 토닥이며 한마디만 해주었다.

딱히 특별한 말은 아니었지만 워낙 무뚝뚝한 아버지셨기에 최고의 위로였다.

차준혁은 안겨 있던 차준희를 진정시키고 조금 떨어진 곳에 서 있던 신지연을 보았다.

눈이 마주치자 그녀가 조용한 목소리로 말했다.

"준혁 씨……."

그녀도 차준희처럼 안겨들고 싶었다.

하지만 보는 눈이 많아서 차마 그러지 못했다.

그래서 차준혁이 자신을 봐주길 기다리던 것이다.

"지연 씨… 걱정 많이 하셨죠?"

"그게……."

신지연은 자신을 향한 차준혁의 목소리에 꾹 참고 있던 눈물샘이 터져버렸다.

이에 차준혁은 그녀에게 다가가 손으로 머리를 쓸어내려 주었다. 회귀 전에 슬퍼하던 그녀를 진정시켜줄 때 해주던 습관이었다.

"흑흑……?"

그런 차준혁의 행동에 신지연이 깜짝 놀라면서 고개를 들었다.

"다음에는 꼭 안전한 곳으로 여행 가요."

사람들의 이목이 있었지만 차준혁은 전혀 신경 쓰지 않았다. 지금은 오로지 눈앞에 있는 신지연에게만 집중하고 싶었다.

그 모습을 지켜보던 차문호가 조용히 입을 열었다.

"저 녀석이 뭘 잘못 먹었……."

평소 무뚝뚝한 차준혁의 입에서 나올 말이 아니었기 때문이다.

하지만 김이선은 눈치가 없다는 듯이 남편의 옆구리를 푹 찔렀다.

"우리 준혁이가 뭐 어때서요."

가족들은 그렇게 차준혁을 반겨주었다.

그러던 중 누구에게 전화가 왔는지 신지연은 조금 떨어져서 살짝 굳은 얼굴로 핸드폰을 받았다.

'누구한테 전화가 온 거지?'

차준혁이 의구심을 품고 힐끗 쳐다보기 시작했다.

계속 입국장 앞에서만 있을 수는 없었다.

시끌벅적하던 가족들은 차준혁과 같이 공항 밖으로 천천히 걸음을 옮겼다.

신지연은 여전히 전화를 받은 채로 서 있었다.

"언니는 같이 안 가?"

차준혁의 옆에 있던 차준희가 어느새 신지연에게 다가가서 조심스럽게 물었다.

"미안… 난 볼일이 좀 생겨서 따로 가야 할 것 같아."

"알았어. 그럼 조심해서 들어가~!"

신지연은 잠시 멈춰 섰던 차준혁과 가족들에게 고개를 살짝 숙이면서 인사했다.

'좋지 못한 곳인가?'

나쁜 곳이었다면 신지연이 말을 해줬을 것이다.

하지만 계속 통화만 할 뿐이었다.

그래서 차준혁은 가족들과 걸어가면서 미세한 살기를 일으켜 청력을 집중시켰다.

—차준혁 경위는 어떤 것 같습니까?

—괜찮아 보입니다. 기획관님.

—할 말이 있으니 지금 바로 본청으로 방문해주세요.

통화 내용을 엿들은 차준혁은 통화 대상이 누군지 알 수 있었다.

'이정수 치안감?'

회귀 전, 국방부 장관이었던 이정수였다.

지금은 다른 누구도 아닌 신지연과 밀접한 관계가 있었다. 흐름상 그녀를 국정원으로 보낼 인물임이 확실해 보였기 때문이다.

'이 시간에 지연이를 왜 부르는 거지?'

밤 12시가 넘은 시간이었다.

아무리 중요한 일이라고 해도 징계로 정직처분을 받은 사람을 부를 시간은 아니었다.

차준혁은 따로 알아봐야겠다고 생각하며 계속 걸었다.

찰칵! 찰칵! 찰칵!

공항 밖으로 나가자 양쪽에서 플래시 세례가 터졌다.

엄청나게 많은 기자들이 모여든 것이다.

하지만 그들은 경찰들에게 막혀서 가까이 다가가지 못하고 소리칠 뿐이었다.

"차준혁 씨. 이번 일에 대한 소감 부탁드립니다."

"반란군을 제압하셨을 때 어떤 기분이셨습니까?"

각종 질문 세례들이 쏟아져 나왔다.

이에 차준혁은 가족들과 함께 도로가에 세워둔 차로 황급히 올라탈 수밖에 없었다.

"도대체 저 사람들은 뭐야?"

"오빠를 취재하겠다고 온 기자들이지. 이제 오빠 엄청나게 유명인이야."

조수석에 앉은 차준희가 뒤를 돌아보면서 말했다.

"콩고에서도 이러더니… 여기서도 이런 거야? 그런데 입국장 앞에서는 아무도 없었잖아."

"경찰 쪽에서 통제해준다고 했어."

입국장에서부터 난리였다면 진즉에 차로 올라탔을 것이다. 하지만 너무 조용하자 밖을 신경 쓰지 못했고, 뒤늦게 알아차렸다.

"그런데 지연 씨는 차를 따로 가져온 거야?"

신지연이 따로 볼일이 생겼다는 말은 차준혁도 들어서 알고 있었다. 그런데 가족들과 같이 차를 타고 왔던 것은 아닌지 걱정되었다.

"따로 왔어. 근데 오빠는 지연이 언니만 걱정했나봐?"

방금 그녀의 머리를 쓰다듬던 행동 때문인지 차준희는 살짝 시기하는 표정이었다.

"오버하기는… 그런 거 아니야."

차준혁은 뾰로퉁해진 차준희 머리를 쓰다듬듯이 만지다 헝클어 놓았다.

"에잇! 오늘 기자들이 기다린다고 해서 미용실 다녀온 머리란 말이야!"

"꾸미기까지 하셨어?"

나름 사진을 찍힌다고 한껏 꾸미고 온 듯했다.

차준혁은 그런 여동생의 행동에 미소를 지어 보이면서 밖을 보았다.

방금 전 굳었던 신지연의 표정이 아른거렸다.

○○

신지연은 공항을 나와 자신의 차를 몰아서 경찰청에 도착했다.

그렇게 찾은 곳은 경무인사기획관 이정수 치안감의 방이었다.

그런데 이정수 혼자만 있었던 것이 아니었다.

서울지방경찰청 형사과장인 임석주도 같이 있었다.

"무슨 일로 부르셨나요."

"다름이 아니라… 이번에 경찰청 내에서 중요한 사항이 결정되었네."

그 물음에 이정수가 대답해주었다.

정직 중이던 그녀는 무슨 일인가 싶어 이정수와 임석주를 한 번씩 쳐다봤다.

"그게 무슨 일인가요?"

"자네와 차준혁 경위의 징계처분이 재심사되었어. 모레, 아니 12시가 지났으니 내일자로 징계에 대한 새로운 공문이 내려갈 거야."

신지연은 깜짝 놀라 임석주를 쳐다봤다.

당연히 처분 받아야 했던 징계였기에 갑작스럽게 바뀐 결과가 이상했기 때문이다.

"왜 그렇게 된 거죠?"

이에 이정수가 다시 입을 열었다.

"사실은 차준혁 경위의 이번 공헌으로 인해 정부가 눈독을 들이고 있다네. 놓치기에는 너무 아까운 인재이니 우리도 가만히 있을 수는 없지."

"그럼 징계처분 해제 말고도 다른 것이 있다는 말씀이신가요?"

신지연은 더욱 놀라면서 그의 대답을 기다렸다.

"모든 것은 상부의 결정이야."

신지연은 뭐라 더 말하지 못했다.

어떤 결정이든 반박할 수 없기 때문이다.

물론 불만이 있는 것은 아니었다.

최종 목적은 이 나라를 평화롭게 만드는 것.

그것을 이루기 위해 25살 나이에 속하고 있던 조직은 겨레회였다.

겨레회는 대한민국이 일제강점기에서 1945년 8월 15일에 광복으로 벗어난 후부터 결성된 조직이었다.

조직 결성의 모체는 광복군 수뇌부로 일본에 자국을 팔아먹은 친일파들을 암암리에 숙청하기 위해서 세워졌다.

그 후로 겨레회는 경찰, 검찰, 정부. 혹은 기업에까지 스며들어가 친일파들을 확인 및 숙청해 왔다.

하지만 친일파의 뿌리는 만만치 않았다.

그들도 겨레회처럼 모든 곳으로 숨어들어가 자신들의 세

력을 암세포처럼 점점 퍼뜨려 나갔다.

이를 위해 겨레회는 후보자들을 어릴 때부터 감시하여 후일 심사를 통하여 받아들인다.

신지연도 그런 후보 중에 하나였다.

지금은 여러 심사를 통과하여 지금처럼 이정수와 임석주를 직속으로 두고 활동하고 있었다.

"아무튼 차준혁 경위를 본청으로 불러들일 생각이야. 그의 배포와 능력이라면 우리 겨레회를 위해서도 큰 힘이 되리라고 생각되네."

이정수는 차준혁의 실력을 알기에 믿어 의심치 않았다.

하지만 맞은편의 신지연의 표정은 좋지 못했다.

'어떻게 해야 하는 거지?'

차준혁이 회귀 전에 본 신지연은 그런 목적을 가진 겨레회의 요원으로서 국정원에 잠입해 있었다. 그러다 운명처럼 차준혁을 만나 사랑에 빠졌고, 국정원과 겨레회마저 버릴 생각을 했다.

하지만 그런 미래는 차준혁과 신지연이 만나면서부터 멀어져버렸다.

"신지연 경위도 같이 발령시킬 테니 앞으로도 차준혁 경위를 잘 지켜봐주길 바라네."

"그렇다면 차준혁 경위에게도 제안을 하실 건가요?"

겨레회로 받아들일 것이냐는 물음이었다.

하지만 그것은 쉽게 결정할 일이 아니었다.

조직의 은밀함 때문에 1945년부터 지금까지 어려운 절차들을 통해 겨레회의 일원들을 받아왔기 때문이다.

"일단은 좀 더 가까이 곁에 두고서 지켜봐야겠지."

썩은 사과 한 개가 다른 사과들조차 썩게 만들 수 있었다. 그만큼 신중에 신중을 기했다.

신지연은 대화를 마치고서야 밖으로 나올 수 있었다.

복도에 선 그녀의 발걸음이 쉽게 떨어지지 않았다.

"이게 정말 잘하는 행동인 걸까……."

그녀도 지금까지 겨레회에 대해 의심한 적은 없었다.

다만 차준혁은 자신만의 신념을 가지고 스스럼없이 움직이는 사람이었다. 그런 사람을 앞으로도 속여야 한다는 죄책감이 스멀스멀 올라왔다.

이제는 그녀의 감정이 차준혁에게 치우치면서 자신의 행동이 옳은 것인지 의심스러워지기 시작했다.

차준혁은 오랜만에 집에서 잠을 자고 일어났다.

평소 같았으면 새벽부터 운동을 나갔겠지만 지금은 절대로 그럴 수 없었다.

"도대체 언제까지 저러고 있는 거야?"

밖은 겨울인 탓에 컴컴한 새벽이었다.

그런 창밖으로 추운 날씨임에도 불구하고 진을 치고 있

는 기자들이 수두룩하게 보였다.

　기자들은 차준혁을 인터뷰하기 위해 공항에서부터 집 앞까지 따라와 기다리고 있었다.

　벌컥!

　갑자기 방문이 열렸다.

　"오빠! 일어났어?"

　언제나 활기찬 차준희가 웬일로 일찍 일어나 얼굴을 비췄다.

　"넌 오빠 방에 노크도 없이 들어올래?"

　"여자라도 숨겨놨나~?"

　어제 공항에서 벌어진 풋풋한 애정행각 때문에 차준희는 능글맞은 표정으로 장난을 쳤다.

　"여자는 무슨… 그보다 왜 이렇게 일찍 일어났어?"

　아직 아침 6시밖에 되지 않았다.

　대학교를 가야 한다면 모를까. 방학 중인 지금은 그녀가 한참 골아 떨어져 있을 시간이었다.

　"밖이 시끄러워서 일어났지."

　이른 새벽부터 기자들의 웅성거림이 들렸기에 시끄러울 수밖에 없었다.

　"하긴……."

　"그런데 오빠는 피곤할 텐데 좀 더 자."

　"오늘 청와대에서 조찬이 있으니 준비해야지."

　"청와대? 정말?!"

"맞아. 어제 이야기 안 했던가?"

어제 경황이 없다보니 가족들에게 오늘 일정을 깜박하고 말하지 않았다.

"엄마! 아빠! 오빠가 청와대에 아침밥 먹으러 간대!"

차준희가 그렇게 외치면서 주방으로 쫄래쫄래 달려갔다. 당연히 가족들도 깜짝 놀랄 수밖에 없었다.

"준혁아! 정말 청와대에서 아침을 먹어?"

특히 어머니는 얼마나 놀라셨는지 밥을 뒤적이던 주걱까지 들고 계셨다.

"죄송해요. 어제 너무 정신이 없어서 말하는 걸 깜박했어요."

"아니야. 아니다. 그보다 청와대면 정장 입어야 하는 것 아니니?"

그 말과 함께 어머니 김이선은 차준혁의 옷장부터 벌컥 열었다.

그런데 점잖은 옷이라고는 2년 전에 경찰간부 후보생 면접 때 입었던 검은색 정장 한 벌이 전부였다.

"이걸 어떻게 하니?"

"괜찮아요. 대충 입고 가면 되죠."

청와대라 해도 차준혁은 굳이 신경 쓰고 싶지 않았다.

그래서 입국할 때 입고 들어왔던 남청색의 울린지 재킷과 바지를 꺼내들었다.

"그걸 입고 가려고?"

누가 봐도 칙칙해 보였다.

"통풍도 잘되고, 찢어지지 않아서 좋은걸요. 그리고 나름 비싼 거예요."

아직 상용화되지 않은 울린지 신소재섬유를 두 배로 압축한 신기술로 만든 옷이다. 당연히 그 가격은 어떤 옷보다 비쌀 수밖에 없었다.

하지만 어머니나 여동생이 보기에는 세상에서 제일 칙칙한 스타일이었다.

"오빠! 그건 절대로 아니지!"

"준희 말이 맞아. 어디 일찍 여는 옷가게 없나?"

당장이라도 사러 갈 기세였지만 새벽 6시부터 문을 열 옷가게는 없었다.

"알았어요. 그럼 친구한테 빌려서 입고 갈게요."

"오빠한테 친구도 있어?"

뭔가 마음에 상처를 주는 말이었다.

얼마 전까지도 그가 친구들이나 동료들을 보여준 적이 없으니 그런 반응은 당연했다.

"있어. 친구한테 옷을 가지고 오라 하면 되니까 방에서 좀 나가시죠?"

차준혁은 어머니와 여동생을 밖으로 내보내고 전화기를 꺼내들었다. 그리고 안에 저장된 번호 중 하나를 눌렀다.

―음… 누구냐……?

잠이 덜 깬 매너 없는 물음이 들려왔다.

"지후야. 나다."

―응......?

전화를 건 상대는 바로 이지후였다.

"나라고. 어제 한국으로 돌아왔다."

―뭐? 정말이야?!

그제야 이지후는 정신이 번쩍 들었는지 또박또박한 목소리로 말했다.

"일단은 우리 집으로 네 정장 한 벌만 가져다줘. 깔끔하고 세련된 걸로! 30분 안에 가져와."

―이게 무슨 해도 뜨지 않은 아침부터 봉창 두드리는 소리야? 정장은 왜?

이지후는 너무도 뜬금없는 부탁에 어이없어 했다.

"농담 아니니까 빨리! 우리 집은 알지?"

―알긴 아는데......

뚝!

쓸데없이 말만 길어져봤자 시끄러웠다.

그래서 차준혁은 그가 대답하기도 전에 전화를 끊어버리고 화장실로 들어갔다.

30분쯤 지났을까.

시가로 3억이 훌쩍 넘는 빨간 스포츠카 한 대가 좁은 골목길을 올라와 빌라 앞에 섰다.

그 앞에서 서성거리던 기자들은 동네와 전혀 어울리지

않는 비싼 차의 등장으로 어리둥절해 하고 있었다.

"뭔 사람들이 이렇게 많아?"

차에서 내린 사람은 이지후였다.

이지후는 빨간색 잠옷 차림에 검은색 롱 점퍼를 걸친 채로 한 손에는 정장 케이스를 들고 있었다.

"여기 4층이라고 했던가……."

그가 주변을 한 번 두리번거리더니 빌라로 올라가려고 했다.

"실례하겠습니다. 여기 주민이십니까?"

빌라 입구 앞으로 순경들이 서 있었다. 정부 측에서 기자들의 출입을 막기 위해서 세워둔 것이다.

"여기 사는 사람의 친구인데요."

"친구 분의 성함을 말씀해주시겠습니까?"

"차준혁."

순경은 자신들이 지켜야 할 대상의 이름이 나오자 표정이 딱딱해졌다.

"정말 친구 분이십니까?"

"준혁이 그 녀석이 정장을 가져다 달라고 해서 가져왔는데… 뭐라는 거야?"

이지후의 언성이 높아지자 주변에서 어슬렁거리던 기자들의 이목이 집중되기 시작했다.

그때 위층 빌라의 창문이 열리면서 차준혁이 얼굴을 내밀었다.

"제 친구 맞습니다! 들여보내주세요!"

워낙 큰 목소리여서 어렵지 않게 들을 수 있었다.

"들었지? 그러니까 비켜!"

이에 이지후는 순경을 지나쳐 빌라로 올라갔다.

"어우~! 추워!"

차준혁은 문을 열어놓고 이지후를 맞이했다.

"왔냐?"

"젠장! 한국에 들어오고 다짜고짜 정장부터 찾는 놈이
친구라니……."

이지후는 추위에 바들바들 떨면서 집으로 들어왔다.

불만이 가득해 보였다.

그러다 거실에 있던 차준혁의 부모님과 여동생을 보게
되었다.

"준혁이 친구니?"

"정말 오빠 친구야?"

아버지는 야간 근무라 없으셨다.

어머니와 차준희는 추레한 차림으로 들어온 이지후를 보
고 물었다.

"아… 안녕하세요."

이지후는 가족들에게 인사하며 차준혁을 쳐다봤다.

"가족들이 있으면 미리 말을 했어야지."

"이 시간에 가족들이 없겠냐. 정장이나 내놔."

이에 차준혁은 그에게서 정장을 뺏어 방으로 들어갔다.

그러자 이지후는 멍하니 서 있게 됐다.

"혹시 아침 먹었어요?"

"아, 아니요."

"그럼 차려줄 테니까 얼른 와서 먹어요."

어머니가 이지후를 식탁에 앉히시더니 아침밥을 차려주셨다.

그사이 차준혁은 멀끔하게 정장을 차려입고 거실로 걸어나왔다.

둘의 체격이 비슷했기에 다행히 정장은 딱 맞았다.

"와아~! 오빠! 완전 멋있다!"

"어머! 정말이네? 역시 청와대를 가는데 깔끔하게 입고 가야지."

"픕—!"

이지후는 자신의 집처럼 잠옷 차림으로 밥을 먹고 있다가 그 말을 듣고 밥풀을 내뿜었다.

"너… 청와대에 가냐?"

"더럽게… 거기서 오라고 하더라."

띵동!

마침 사람이 도착했는지 초인종이 울렸다.

거실에 앉아 있던 차준희가 밖으로 나가 확인했다.

"오빠! 청와대에서 온 사람이래!"

대통령 비서실장인 김범준이었다.

"모시러 왔습니다."

"알겠습니다. 바로 나가죠."

차준혁은 현관으로 향하다가 잠시 멈추었다. 그리고 여전히 밥을 먹던 이지후를 보면서 말했다.

"나가볼 테니까 넌 밥 먹고서 들어가. 좀 있다가 회사에서 보자."

말을 마친 차준혁은 가족들에게 인사한 뒤에 김범준과 같이 밑으로 내려갔다.

밖에서 기다리던 기자들은 차준혁이 얼굴을 내밀자 플래시를 터뜨리기 시작했다.

"이거··· 정말로 할 짓이 못 되네."

정신없이 들이치는 기자들 때문이다.

이내 차준혁은 청와대에서 준비해준 차량까지 후다닥 달려가 올라탔다.

그의 선택과 그녀의 고뇌

차준혁은 청와대에 도착해 비서실장 김범준과 같이 차에
서 내렸다.

"저를 따라오시면 됩니다."

이내 두 사람은 청와대의 귀빈용 식당으로 들어섰다.

커다란 공간에 기다란 식탁이 마련되어 있었다.

대통령 노진현은 각 장관들과 앉아 있다가 차준혁을 발
견하고는 반갑게 맞이했다.

"정말로 반갑습니다."

"경위 차준혁. 대통령님을 뵙게 되어 영광입니다."

솔직히 내키지 않았던 차준혁이었지만 나름 예의를 갖추

며 그의 인사를 받아주었다.

"조촐한 조찬이니 그리 격식을 갖추지 않으셔도 됩니다."

그 말과 함께 일어났던 이들이 다시 앉았다.

차준혁의 자리는 상석인 대통령의 바로 옆자리였다.

비스듬하게 마주앉으니 잠시 동안 침묵이 흘렀다.

그러다 노진현 대통령이 먼저 입을 열었다.

"콩고민주공화국을 위해 자신의 목숨까지 걸고 많은 사람들을 구한 분을 이렇게 마주하게 되니, 제가 다 설레는군요."

가벼운 우스갯소리에 분위기가 조금은 가벼워지면서 장관들이 미소를 지어 보였다.

"제가 직접 한 것은 별로 없었습니다."

"겸손이 너무 지나치시군요. 차준혁 경위의 행동은 뉴스를 통해서 지금도 방송되고 있습니다. 그리고 목숨을 건 행동이 누구에게나 가능한 것도 아니지 않습니까."

과도한 칭찬은 목적이 따로 있다는 의미였다.

그들보다 미래를 살아온 차준혁은 자신을 너무 띄워주려는 행동이 마음에 들지 않았다.

하지만 청와대에서 그런 티를 낼 수는 없었다.

"지금까지 쌓아 온 경험 덕분입니다."

이번에도 겸손을 보이자 노진현은 털털하게 웃기 시작했다.

"허허허. 그러고 보니 특수부대 출신이라 했지요? 이런 분이 국방을 지켜주시다가 지금은 대한민국의 치안과 민생까지 책임져주시니… 이보다 더 좋을 수는 없을 듯합니다."

각 부처의 장관들은 대통령이 대화의 주도권을 잡고 있던 탓에 끼어들지도 못하고 그저 웃을 뿐이었다.

물론 끼어들 마음도 없었다.

그저 식사가 끝나고 본론을 꺼내주길 바라고 있었다.

그사이 식사가 끝나고, 각자의 앞으로 따뜻한 커피가 한 잔씩 놓였다.

"차준혁 경위는 이 나라를 어떻게 생각하십니까?"

노진현 대통령은 본론으로 들어가려는지 차준혁의 생각을 넌지시 물었다.

'뭘 원하는 거지?'

차준혁은 아직 짐작이 되지 않았기에 표정을 드러내지 않고 입을 열었다.

"제가 지켜야 할 나라라고 생각합니다."

"굉장히 간단명료하면서도 굳건한 대답이로군요."

그 대답이 마음에 드는지 노진현 대통령의 입가에 흐뭇한 미소가 그려졌다.

이에 더 이상은 기다리지 않고 본론을 꺼냈다.

"그렇다면 대한민국을 위해서 더 큰일을 해보심은 어떠십니까?"

"무슨 말씀이시죠?"

뜬구름처럼 명확하지 않은 물음이었다.

차준혁은 마시려던 커피 잔을 내려놓고 그를 쳐다봤다.

"딱히 의도가 있어서 물은 것은 아닙니다. 그저 차준혁 경위가 지금 하는 일에 대해서 만족하는지 궁금해서 말입니다."

아무리 차준혁이 중요하다고 해도 대통령이 직접 꺼낼 제안은 아니었다. 그 나름대로 위신도 챙겨야 하기에, 차준혁의 생각이 어떤지 알고자 물은 것이다.

'뭔가 꿍꿍이가 있어 보이는데…….'

말만 안 했을 뿐이지 기대심이 가득 찬 장관들의 표정만 봐도 이상하다는 느낌이 들 수밖에 없었다.

"누구나 큰일은 하고 싶지요. 다만 기회가 없다보니 어려운 것이지 않을까 합니다."

"그렇지요. 그럼 차준혁 경위는 기회가 왔을 때 잡을 건가요?"

그 물음으로 인해 차준혁은 그가 무엇을 원하는지 단박에 알아차릴 수 있었다.

'날 이용해서 콩고를 어떻게 해보겠다는 속셈이구나.'

자신이 콩고와 밀접한 관계가 되었으니 정부는 거기에 편승하여 이득을 볼 생각이었다.

이를 눈치챈 차준혁이 망설이지 않고 대답했다.

"당연히 그래야죠. 하지만 나라가 그만큼 바뀌지 않으면

122

그런 기회도 없으리라 생각합니다.”

현 정부를 깎아내리는 대답이었지만 노진현은 대통령으로서 기분 나빠하지 않았다.

오히려 아까보다 짙은 미소를 지어 보였다.

“허허허허! 정말로 화통한 성격이군요. 잘 알았습니다. 제 임기 동안, 그런 기회가 누구에게나 생길 수 있도록 노력해보겠습니다.”

조찬이 끝난 후 대통령과 각 장관들은 자신들의 자리로 돌아갔다. 반면 차준혁은 집으로 돌아가지 못하고 응접실에 앉아 있었다.

“왜 기다리라고 하는 거지?”

잠시 후에 비서실장인 김범준이 얼굴을 내밀었다.

그는 고개를 살짝 숙이고 차준혁의 맞은편 소파에 착석했다.

“다른 볼일이 남았습니까?”

차준혁이 질문을 던지자 김범준이 살짝 웃으며 입을 열었다.

“대통령님께서 차준혁 경위를 상당히 마음에 들어 하셨습니다. 그래서 한 가지 제안을 드리려고 합니다.”

“제안이요?”

드디어 올 것이 왔다고 생각한 차준혁은 티를 내지 않으며 고개를 갸웃거린 채 되물었다.

"차준혁 경위의 경력과 실력을 인정해 대통령 경호실장 자리를 제안드리는 바입니다. 어떠십니까?"

경찰간부 후보생이라 하지만 경위에 임용된 지 1년밖에 안 된 차준혁에게는 엄청난 제안이었다.

그만큼 어정쩡한 제안을 내밀기보다 확실하게 잡을 수 있도록 파격적으로 만든 것이다.

"그럼 현 경호실장이신 분은 어떻게 됩니까? 그분도 대통령님께서 신임하셔서 직접 앉히신 분으로 알고 있습니다."

차준혁은 제안에 대해 바로 답하지 않고 화제를 살짝 다른 곳으로 틀어보았다.

노진현 대통령의 진짜 의중을 알기 위해서였다.

"현 경호실장은 본래 대통령님의 임기가 끝나는 대로 은퇴를 예정했습니다. 그래서 뜻을 이해하고 예정보다 빨리 자리를 물려주시겠다고 하셨습니다."

이에 차준혁의 미간이 꿈틀거렸다.

욕심을 위해서 오랫동안 같이 일해 온 사람을 물러나게 만드는 것이 과연 옳은 방법일까.

물론 뜻을 이해했다고 한들 제3자의 입장에서는 좋아보이지 않았다. 이런 큰 논의가 지금처럼 빨리 결정되었다는 사실도 너무나 이상할 수밖에 없었다.

당연히 사전에 말이 오가고서 계획되었다는 것이다.

"지금 여기서 결정해야 하는 겁니까?"

"딱히 정해둔 기한이 있지는 않지만… 되도록 빨리 대답해주실수록 좋다고 생각합니다."

차준혁은 잠깐 생각하는 듯이 입을 다물고 있다가 말했다.

"그렇다면 며칠만 시간을 주시죠."

"알겠습니다. 이건 경호실장이 되실 시에 혜택 받을 수 있는 조건들입니다. 돌아가서 읽어보시면 됩니다."

차준혁은 그가 내민 서류철을 받아들고는 응접실을 나와 청와대까지 타고 왔던 차에 몸을 실었다.

"팀장님?"

조찬 때문에 꺼놨던 핸드폰을 켜자 여러 사람들에게 수십 통의 부재중 전화와 문자가 와 있었다.

차준혁의 귀국 소식을 뒤늦게 들은 사람들에게서 온 수많은 연락이었다.

그중에 박광록에게 온 문자가 눈에 띄었다.

[너 한국에 들어왔다며! 그런데 연락도 안 하냐! 본청 경무인사기획관께서 널 보자고 하셔! 지금 당장 본청으로 가봐!]

경무인사기획관 이정수는 현 경찰청 실세 중에 실세였다. 게다가 차준혁도 잘 아는 사람이었다.

'이정수가 날 보자고 했다고?'

회귀 전에는 수많은 군인 출신 장군들을 제치고 국방부 장관까지 오른 인물이었다.

그만큼 대단한 능력과 인품을 갖추고 있었다.

"죄송한데… 경찰청까지 가주실 수 있습니까?"

차는 방향을 틀어 경찰청으로 향했다. 다행히 인천행 고속도로에 올라타기 전이라 문제가 없었다.

'경호실장이라…….'

차준혁은 손에 들린 경호실장 제안에 관한 서류철을 아직 열어보지도 않았다.

'나 보고 자신들의 밑으로 들어와 이용당하라는 말이잖아.'

수가 너무도 뻔히 보였기에 마음에 들지 않았다.

이에 차준혁은 무릎 위로 올려둔 손가락을 까딱거리면서 고민에 빠졌다.

'하지만 역시 경찰로 세상을 바꾸기는 무리인가…….'

의문의 의문이 꼬리를 물기 시작했다.

무엇이 자신과 소중한 사람들을 위한 올바른 선택인지 갈등되기 시작한 것이다.

차준혁은 경찰청에 도착해 방문증을 받고 경무인사기획관의 방으로 안내를 받았다. 보통 사람도 아니고 경찰청

고위관료이기 때문에 따로 절차가 필요했기 때문이다.

"들어가시면 됩니다."

여경의 안내에 차준혁은 문을 열고 안으로 들어갔다.

"어서 오세요. 차준혁 경위."

이정수 치안감이 차준혁을 맞이하면서 소파로 앉게 했다.

"차는 무엇으로 드시겠습니까?"

"청와대에서 마시고 왔습니다."

차준혁은 평소에도 커피나 다른 음료수를 별로 좋아하지 않았다. 그래서 정중하게 거절한 후, 이정수가 자신을 부른 이유에 대해서 꺼내길 기다렸다.

"다름이 아니라… 지난번 차준혁 경위의 처분에 대해서 재심사가 이뤄졌습니다."

"처분에 대해서 말입니까?"

경찰이란 조직은 처분에 대해서만큼은 고리타분할 정도로 고지식했다. 결정에 대한 번복이 조직의 위신을 깨뜨리는 것이라 판단하기 때문이다.

그런 처분이 재심사되었다는 말에 차준혁은 놀랄 수밖에 없었다.

"맞습니다. 재심사 결과 차준혁 경위에 정직처분을 해제하였습니다. 공문은 내일자로 전해질 겁니다."

"그럼 혹시… 신지연 경위도 풀리는 겁니까?"

신지연도 2개월의 정직을 처분 받은 상태였다.

자신과 다른 사유였지만 기대하며 물었다.

"예. 그렇게 됩니다."

차준혁은 그의 대답에 안도하다가 이상하다는 생각이 들었다.

"어째서 재심사가 이뤄진 겁니까?"

"잘된 일인데 왜 궁금해 하는지 모르겠군요."

"그것도 그렇지만… 충분히 처분 받을 만했던 사유이니까요."

수십 명의 조직폭력배를 상처 없이 쓰러뜨린 것으로도 모자라 한 사람은 불구로 만들기까지 했다.

오히려 강제 해직 당하지 않은 것이 이상할 정도였지만, 형사과장인 임석주 경무관이 웬만큼 무마시켜줘서 그나마 얕게 처분 받았던 것이다.

"모든 일에는 다 그만한 이유가 있죠. 거기다 징계 해제뿐만이 아닙니다."

"또 다른 것이 있습니까?"

"지금까지의 실적을 토대로 평가하여 경감으로 특진됨과 더불어 본청 수사 1팀장으로 배정될 겁니다."

이에 차준혁은 또다시 놀라게 되었다.

그러면서 속으로는 아까보다 더한 의구심이 들었다.

'여기는 대체 무슨 꿍꿍이인 거야?'

하루에 두 곳. 그것도 청와대와 경찰청에서 엄청난 조건을 내밀고 있었다.

"징계처분이 재심사로 정정되었지만 특진은 좀 심하게 과한 듯싶습니다."

물론 빠른 진급은 좋았지만 이런 식은 아니었다.

정당하게 인정받고 올라가야 했다.

그렇지 않으면 아무리 높이 올라가도 주변 사람들에게 인정받을 수 없기 때문이다.

"놀랄 만도 하겠지만 나름 차준혁 경위의 실력을 인정하여 내려진 결과입니다."

하지만 본청 수사 1팀은 경찰청 내에서 부서 중 최고로 꼽혔다.

그런 팀의 팀원도 아닌, 팀장이라면 향후 진급에 있어서 큰 영향력을 가지게 된다. 말 그대로 다이아몬드로 만든 동아줄이나 다름이 없었다.

"흠……."

"뭔가 내키지 않는 것이라도 있으십니까?"

이정수의 시선이 차준혁의 앞에 놓인 서류철로 향했다.

정면에 청와대라고 새겨져 있어 아까부터 힐끗힐끗 쳐다보던 서류철이었다.

"혹시 청와대에서도 무슨 제안을 받으셨습니까?"

경찰청장 주상원에게 지난번 논의에 대해 들었으니 짐작은 어렵지 않았다.

"받기는 했습니다."

차준혁은 그 물음에 거짓말을 하지 않고 솔직하게 대답

했다.

"무슨 제안인지 물어도 되겠습니까?"

이정수는 차준혁이 너무 쉽게 대답해주자 자세한 사항을 알고 싶어 물었다.

"대통령 경호실장 자리를 주신다고 했습니다."

"경호실장을 말입니까?!"

이정수는 생각했던 것보다 큰 제안에 놀라움을 감추지 못하고 그대로 표정을 드러냈다.

"일단 생각해보겠다고 했습니다."

그 대답과 함께 이정수는 침을 삼켰다.

차준혁이 경찰을 그만두고 경호실장이 된다고 해도 잡을 방법이 없기 때문이다.

"그쪽으로 갈 의향은 있습니까?"

"좀 더 생각해봐야죠. 그보다 특진과 발령은 언제 나는 겁니까?"

초조해 하는 이정수의 반응에 차준혁은 화제를 돌리면서 물었다.

"일주일 뒤입니다."

"다른 하실 말씀은 있으신가요?"

"없습니다."

본론이 끝나자 차준혁은 앞에 놓인 청와대 서류철을 집어 들었다.

"그럼 이만 실례하겠습니다. 3주 만에 위험한 곳에서 돌아와 만나볼 사람이 많아서요."

그가 자리에서 일어나자 이정수도 같이 몸을 일으켰다.

"알겠습니다. 일주일 뒤에 본청에서 볼 수 있기를 기대하겠습니다."

진심이 담긴 대답이었다.

차준혁은 그 말을 들으면서 이정수의 사무실을 나섰다.

자신의 사무실에서 혼자 남게 된 이정수가 책상으로 돌아와 앉았다.

"잔잔하면서도 무거운 기백이 넘치는 사람이로군."

이정수는 경찰대학을 우수한 성적으로 졸업한 후, 지금의 자리까지 수많은 권력의 전쟁을 치르고 올라올 수 있었다.

그 덕분에 겨레회 내에서도 상당한 지위였다. 그만큼 사람에 대한 경험에 대해서는 누구보다 풍부하다고 자부했다.

하지만 방금 전 차준혁은 과한 포상으로 부담스러워하는 분위기가 아니었다. 오히려 양손에 쥔 조그만 떡의 경중을 재듯이 생각하는 모습이었다.

"특수부대 출신이라서 그런가? 하지만 그것만 가지고서 그런 분위기를 설명하기는 부족해."

평소에 심각한 위기와 마주하던 사람이라면 가능할지 몰랐지만, 그것이 전부라고 설명할 수는 없었다.

"좀 더 지켜볼 필요가 있겠어."

이내 이정수는 차준혁이 심상치 않다고 판단을 내렸다.

곧이어 전화기를 들어 신지연에게도 청와대의 제안을 알려주었다.

현재로써는 그녀가 차준혁과 제일 가까운 관계이기에 좀 더 유심히 살펴볼 필요가 있었다.

차준혁은 경찰청 1층으로 내려와 핸드폰을 열어 시간을 확인했다.

어느새 시간은 오후 1시가 넘어가고 있었다.

"아침밥을 먹고 어지간히 이야기를 해댔으니… 허리가 다 뻐근하네."

이동하던 차에서나 청와대 그리고 방금 전까지도 계속 앉아 있기만 했다. 그 탓에 차준혁은 청와대 서류철로 어깨를 두드리면서 조금 걸어볼까 생각했다.

하지만 그 행보는 입구 앞에서 멈춰 설 수밖에 없었다. 본청 앞으로 기자들이 벌떼처럼 모여 있었기 때문이다.

"아차!"

차준혁은 청와대와 경찰청의 과한 제안으로 잡생각이 많아져서 미처 생각하지 못했다.

기자들이 그대로 입구로 몰아쳐 들어오더니 차준혁을 둥글게 둘러쌌다.

"SBC입니다! 차준혁 씨! 콩고민주공화국에서 영웅 훈장 하사와 국민영웅으로 인정된 데에 대해서 소감 한마디 부탁드립니다!"

"YTM 박문용입니다! 폭탄을 터뜨리려던 반란군을 제압하실 때의 기분이 어떠셨습니까!"

폭풍처럼 쏟아지는 질문에 차준혁은 빠져나갈 구멍을 찾지 못하고 이리저리 밀려났다.

'젠장! 완전히 까먹고 있었네!'

어떻게든 그 인파를 해쳐 나가고 싶었지만 쉽지 않았다. 그 탓에 차준혁은 슬금슬금 짜증이 치솟으려다가 꾹 참으면서 팔을 뻗었다.

태무도의 무회(無灰)였다.

원래 공격의 방향을 틀게 만드는 기술이지만 지금처럼 인파에 밀릴 때도 사용할 수 있었다.

스스슥! 스슥―!

차준혁은 몸을 낮추고 그렇게 인파의 물결을 타듯이 요리조리 빠져나갔다.

주변을 둘러싼 기자들은 갑자기 사라진 차준혁을 찾기 위해 두리번거렸다. 그러다 자신들의 바깥쪽에서 도망치는 차준혁을 발견했다.

"저기다!"

과연 기자라고 인정할 정도로 눈썰미가 좋았다.

"이럴 줄 알았으면 차라도 가져오는 건데!"

지금 상황에서 택시를 잡아봤자 소용없을 것이다.

끼이이익—!

그때 갑자기 낯익은 빨간색 스포츠카 한 대가 경찰청 입구에 서더니 조수석 문이 열렸다.

깜짝 놀란 차준혁은 열린 문을 통해 운전석에 앉은 이지후를 볼 수 있었다.

"빨리 타!"

"야! 넌… 아이 C!"

기자들이 점점 가까워지자 차준혁은 물어볼 틈도 없이 조수석으로 올라탔다. 곧바로 문이 닫히자 이지후는 액셀을 밟아 경찰청을 빠르게 벗어나기 시작했다.

"휴우… 겨우 살았다! 그런데 어떻게 알고 여기까지 온 거야?"

기자들이면 모를까. 이지후가 청와대에서 경찰청으로 온 것을 알 리가 없었다.

"내가 말 안 했던가? 내 옷에는 전부 GPS가 달려 있어. 네가 그랬잖아. 모이라이의 대표 자리에 있으면서 몸조심해야 된다고 말이야."

"아……!"

그 대답과 함께 차준혁은 정장을 더듬어보았다.

하지만 표면으로 딱히 만져지는 것이 없었다.

"그런데 청와대랑 경찰청이랑… 어디로 갈 거야?"

"이 자식! 옷에다가 도청기까지 달아놨어?"

도청이 아닌 이상 절대로 알 수 없는 말이었다.

"어디다가 넣어둔 거야?"

"벨트 버클. 거기는 어차피 비슷한 재질이잖아."

그 대답과 함께 차준혁은 버클을 만져보았다.

미세하게 갈라진 틈을 발견할 수 있었다.

딸칵—!

그곳을 열자 GPS와 도청기가 지금도 작동하는 것을 볼 수 있었다.

"치밀한 녀석… 전부 다 들은 거냐?"

"그보다 어디야? 청와대? 경찰청?"

이지후는 운전을 하면서 차준혁에게 대답을 재촉했다.

지금부터의 행보에 큰 갈림길이 될 수 있으니 궁금한 것이다.

"아무 데도 안 가."

"뭐? 자, 잠깐!"

끼이이이익—!

깜짝 놀란 이지후가 차를 급하게 갓길로 세웠다.

"무슨 말이야? 아무데도 안 간다니? 청와대는 거절한다고 쳐도, 경찰청은 진급이랑 발령이잖아. 그걸 어떻게 거절해?"

그 말대로라면 차준혁이 경찰을 그만두겠다는 의미나 다름이 없었다.

물론 차준혁도 심각하게 고민해서 내린 결정이었다.

"내가 구 상무님에게 듀케이먼과 할리스에 대해서 알아봐 달라고 부탁했잖아."

"나도 그건 알지. 지금도 정보팀에서 이 잡듯이 들쑤시고 있으니까."

범죄에 있어 상당한 거물들이니 이지후도 관심 있게 정보가 들어오는 것을 보았다.

하지만 그것만으로는 이유가 되지 않았다.

"그 녀석들도 언젠가는 블러디 스컬을 내가 처리한 걸 알게 될 거야."

"놈들이 널 노릴 수 있다는 말이야?"

이에 이지후는 또다시 놀라면서 되물었다.

"맞아. 그렇게 되면 가족들이나 지연이까지 위험할 수도 있어. 그러니 경찰은 그만둘 수밖에 없지."

"그럼 뭘 하려고? 혹시 모이라이로 들어올 거냐?"

이지후의 표정이 그 어떤 때보다 밝아졌다.

언제나 투덜거리던 소원 같지 않던 소원이 이루어질지 모른다는 기대심 때문이다.

"그래야지. 적당한 자리나 알아봐줘."

"자리는 무슨 자리야! 원래 주인이 찾아갈 자리가 뻔히 있는데!"

모이라이의 대표이사 자리를 말하는 것이다.

차준혁이 그를 쳐다보면서 입을 열었다.

"대표이사는 너잖아. 그리고 난 너나 구 상무님, 경원처

럼 모이라이 주식도 없어."

경영에 대해서는 전적으로 세 사람에게 맡겼다.

물론 모이라이는 주식 상장을 아직도 하지 않아서 비상장 주식을 그들이 나눠 가지고 있을 것이다.

하지만 그건 차준혁의 생각일 뿐이었다.

"나랑 구 상무님, 경원이가 가진 비상장 주식은 모두 합쳐봤자 19%밖에 안 돼."

"왜? 그럼 나머지는 누가 가지고 있는데?"

완전히 예상을 벗어난 대답에 차준혁은 놀란 표정을 지어 보일 수밖에 없었다.

하지만 거기서 끝이 아니었다.

"너! 예전에 내가 비상장 주식 81%를 네 명의로 넘겨놨어. 참고로 구 상무님이나 경원이도 동의한 거야."

이것 또한 처음 듣는 말이었기에 차준혁이 또다시 놀라면서 그를 쳐다봤다.

"나한테 81%나?"

비상장 주식은 일반 주식과 다르게 외부로 공개되지 않은 회사의 가치이자 자산이었다. 거기다 회사의 가치변동이 실시간으로 움직이는 상장 주식과 반대로 정보를 얻기가 힘들기 때문에 다루기가 어려웠다.

하지만 모이라이의 주식은 다른 대기업의 계열사들과 거의 비슷한 수준까지 올라갔다. 비상장 주식이라 변동 통계만 되지 않을 뿐, 그 가치는 엄청날 수밖에 없었다.

"실질적으로 모이라이는 내가 아니라 네 소유야. 내가 언제나 말했잖아. 좀 가져가라고."

비공식적으로 모이라이의 주가는 1주당 약 100만 원이 넘어가고 있었다.

그중에 81%면 8,000억이 넘는 가치였다.

물론 19%를 나눠가진 이지후와 구정욱, 지경원이 가진 주식도 엄청났다. 세 사람이 똑같이 배분했다면 한 명당 약 600억에 달했다.

"잘못해서 경찰이 알기라도 하면 어떻게 하려고!"

반면 차준혁이 화난 이유는 자신의 재산을 자신도 모르게 빼놓았단 사실 때문이다.

"누구도 모르게 해놨어. 그리고 네 주식 중에 40%는 차명으로 만든 페이퍼컴퍼니로 돌려놔서 아무도 알 수 없어."

이지후는 절대로 들키지 않을 자신이 있다는 것처럼 말했다.

그의 실력이라면 누구도 알기가 쉽지 않을 것이다.

하지만 경찰에서 차준혁에게 그 정도의 재산이 있다는 사실을 먼저 알았다면 분명히 징계로 끝나지 않을 것이다.

이지후가 말을 계속 이어 나갔다.

"그리고 경영을 하는 것도 아니잖아. 알아도 재산으로 분류만 하는 거니까 상관은 없지."

반면에 차준혁은 허탈한 웃음만 흘렸다.

그가 지금의 방식으로 자신의 명의와 재산을 따로 관리

하고 있을 줄은 몰랐다.

"정말 내가 대표이사에 앉으라는 말이야?"

앞으로 더 성장할 모이라이의 힘이라면 누구도 쉽게 건드리지 못한다. 거기다 실질적인 주인인 차준혁이 수장으로 앉게 되면 더욱 큰 효과를 발휘할 수도 있었다.

하지만 경영에 대해서 정보만 주었던 사람으로서 지금까지 힘들게 일해 온 이지후의 자리를 냉큼 뺏을 수는 없었다. 그런 엄청난 자리와 제안을 서슴없이 내놓는 이지후가 멀쩡해 보이지 않았다.

"난 지쳤다. 그냥 정보팀이나 투자팀 중에 하나만 맡을래. 나머지는 네가 좀 해라."

여느 회사처럼 육체적으로 힘든 것은 없었다. 그러나 엄청난 금액과 수많은 부서에서 올라오는 보고에다가 판단력을 주구장창 쏟아부었다.

누구든 정신적으로 힘들어질 수밖에 없었다.

특히 대표이사라는 표면적인 모습만 보고 자리에 앉았던 이지후에게는 어떤 일보다 힘들게 느껴졌다.

청와대에서는 노진현 대통령이 비서실장을 옆에 세워두고 입을 열었다.

"차준혁 경위의 반응은 어떤 것 같나?"

비서실장 김범준이 미소를 지어 보이면서 대답했다.

"나쁘지는 않았습니다."

"그렇다면 좋지도 않았다는 말이군."

노진현은 애매한 대답으로 인해 밝아지려 했던 얼굴을 살짝 굳히면서 중얼거렸다.

"대답은 좋았는데 말이야."

"하지만 배포는 커 보였습니다."

"나도 알고 있네. 장관들이 모여 있던 그 자리에서 전혀 떨림이 없더군. 그런 사람은 절대로 작은 일에 만족할 타입이 아니지."

노진현 대통령은 차준혁과 조찬을 하면서 보았던 모습을 보고 그를 높게 평가했다.

몇몇 대답이나 행동, 거기다 경호실장이라는 자리까지 제안했음에도 침착하게 행동했으니 말이다.

누구든 떨릴 만한 상황에서 차분하게 대처했으니 대통령으로서 더더욱 탐이 났다.

"신념이 그만큼 확고하다면 대통령님의 제안을 받아들이지 않을 수도 있습니다."

"나도 생각하고는 있었네. 물론 경찰에 남아 있다고 해도 손을 쓸 방법은 많으니 말이야."

경찰은 결국 정부의 휘하였다.

그런 경찰로 계속 있다면 지금의 계획이 실패한다고 해도 접근할 방법도 아직 많았다.

"일단은 기다려보는 것이 전부일 것 같습니다."

"그러지."

지금과 같은 결정을 차준혁에 대해 욕심을 부렸던 외교부나 경제부는 아무것도 모르고 있었다.

나중에 알게 된다면 따지고 싶겠지만 대통령의 권한으로 결정한 것을 막을 수는 없었다.

한편, 그 시각 이정수 치안감은 자신의 방에서 나와 경찰청장 주상원과 만났다.

차준혁에게 통보한 진급과 발령에 대해서 어떤 반응이 나왔는지 알아보기 위함이었다.

"어떠했는가?"

"그보다 차준혁 경위가 청와대를 방문했다가 대통령 경호실장 자리를 제안 받았답니다."

"뭐?!"

청와대에서 그렇게 빨리 제안을 내밀지는 주상원도 미처 생각하지 못했다. 게다가 제안으로 기존에 의견이 나왔던 것보다 더한 것을 청와대가 내밀었다.

"정부에서도 급하긴 급했나봅니다."

"그럼 차준혁 경위는 어떤 것 같았나?"

"일단은 생각해본 뒤에 결정한다고 말했습니다."

초조해진 주상원은 양손을 모으고 기도라도 드리듯이 생각에 잠겼다.

이제 20대 중반인 차준혁에게 경호실장이란 자리는 엄청났다. 부유해지는 것은 모르지만 지위와 권력에 있어서 최고봉인 대통령의 최측근이 되는 것이다.

당연히 누구든 탐낼 만한 자리였다.

"솔직히 청와대에서 그런 제안까지 걸 줄은 생각도 못했습니다. 그러니 기대를 걸어보는 수밖에 없겠죠."

결국 차준혁의 결정으로 어느 한 곳은 안타까움으로 땅을 치게 될 것이다.

아직은 청와대와 경찰청 중에 어디가 될지 알 수 없지만 어떻게든 결과는 나온다.

다음 날이 되어도 여전히 콩고민주공화국을 구한 영웅인 차준혁에 대한 뉴스가 이곳저곳에서 흘러나왔다.

차준혁은 지금도 집 앞에 진을 친 기자들을 뚫고 강력 3팀으로 출근했다.

"준혁아!"

3주 만에 보는 팀원들이 차준혁을 반겨주면서 몰려들었다.

그들의 지저분한 행색을 보니 사건을 해결하느라 며칠째 집에도 들어가지 못한 것 같았다.

"다들 잘 지내셨죠?"

"이 자식아! 새벽에 서류 정리하다가 찾은 공문보고서

얼마나 놀랐는지 아냐! 어제는 왜 연락을 안 받은 거야?"

어제 이정수 치안감을 만나자고 했던 것도 박광록이 알려줘서 알 수 있었다.

하지만 이지후를 만나 회사 문제에 대해 이야기하다보니 미처 연락을 하지 못했다.

그사이 징계 해제 공문은 이정수 치안감에 말대로 정식 절차를 밟아 서울지방경찰청으로 내려왔다.

팀장인 박광록은 사건을 수사하느라 아침에야 형사과장을 찾아가서 듣게 되었다. 당연히.

"저도 미처 생각지 못한 일이라서요. 그리고 처리해야 할 일도 있었고요."

"이 자식이!"

이내 팀원들은 차준혁을 괘씸하게 여기고 장난치듯이 티격태격했다.

"그보다, 정말 콩고에서 반란군이랑 싸우고 폭탄까지 해체한 거야?"

피로 때문에 초췌해진 강혜가 많이 궁금했다는 표정으로 물었다. 다른 팀원들도 마찬가지인지 그런 차준혁의 대답을 조용히 기다렸다.

"특수부대 출신이었던 것이 도움된 거죠. 그리고 폭탄도 단순하게 조립된 거라서 어렵지 않았습니다."

"이 자식 봐라? 무슨 경찰이 그런 일까지 해?"

다들 기가 막힌지 혀를 차면서 차준혁을 쳐다봤다.

그러던 중에 신지연도 출근하여 얼굴을 내밀었다.

귀를 쫑긋 세우고 있던 차준혁은 그녀의 발자국 소리만 듣고 고개를 돌렸다.

마침 입구로 들어온 그녀는 차준혁과 눈을 마주쳤다.

동시에 차준혁은 그녀에게 인사말을 건넸다.

"안녕하세요. 신 형사님."

섭섭할지 몰라도 일단은 팀으로 돌아온 것이니 호칭을 붙여야만 했다.

"아, 안녕하세요."

무엇 때문인지 신지연은 조용히 인사만 받고 시선을 피하는 것 같았다. 그보다 팔 하나로 벽을 짚는 것이 어지러운 것처럼 보였다.

'왜 저러지? 어디가 아픈 건가?'

이정수와 신지연이 연결되어 있는 것이라면 그럴 가능성이 충분했다.

"신 형사. 어디 아픈 거야?"

안색도 너무 창백한 탓에 옆으로 서 있던 강혜가 걱정하면서 물었다.

"괜찮아…요."

"전혀 안 괜찮아 보이는데."

박광록이나 다른 팀원들이 신지연의 주변으로 몰려들었다.

"괜찮으세요?"

당연히 차준혁도 그녀가 걱정되었기에 조심스럽게 물었다. 그런데 신지연은 조용히 중얼거리더니 동공이 풀리면서 쓰러지려고 했다.

　"준혁 씨……."

　깜짝 놀란 차준혁은 그녀가 바닥에 닿기 전에 얼른 안아 들었다.

　"지연아!"

　갑작스런 상황에 그녀를 어떻게 불렀는지도 몰랐다.

　그저 신지연이 걱정되는 것이 전부였다.

　"얘는 왜 이래?"

　"병원으로 데려가겠습니다."

　구급차를 부르는 것보다 차로 이동하는 것이 빨랐다.

　이에 차준혁은 그녀를 자신의 차에 태운 후 액셀을 있는 대로 밟았다.

　다행히 병원까지의 거리는 멀지 않았다.

　신지연을 안고 응급실로 들어간 차준혁은 곧바로 의사부터 찾기 시작했다.

　"여기 환자 좀 봐주세요! 빨리요!"

　응급차로 온 것이 아니었다.

　아무렇지 않게 주변을 지나가던 의사들은 그런 차준혁의 목소리를 듣고 깜짝 놀랐다.

　"무슨 일입니까?"

"갑자기 쓰러졌습니다."

"일단 눕혀보세요."

한 남자 의사가 다가와서는 차준혁에게 침대를 가리키며 눕히도록 만들었다. 의사는 플래시로 신지연의 동공반사와 맥박부터 확인했다.

그러더니 걱정이 가득한 차준혁을 보면서 입을 열었다.

"사고를 당했거나 혹은 머리를 부딪쳤습니까?"

"아니요. 갑자기 쓰러진 것뿐입니다. 그것도 제가 붙잡아서 다치지 않았습니다."

"그럼… 기절한 겁니다."

차준혁은 단순한 의사의 대답이 이해되지 않았다.

"검사는요?"

"맥이 좀 약하지만 큰 이상은 없습니다. 혹시 최근에 정신적으로 큰 충격을 받거나 극심한 스트레스가 있었나요?"

"충격이나 스트레스요?"

차준혁은 두뇌를 풀가동시켰고, 이내 자신이 콩고에 있으면서 그녀가 걱정했던 것을 떠올릴 수 있었다.

하지만 공항에 나왔던 그녀에서 아픈 기색은 보이지 않았다.

"잘 모르겠습니다."

"관계가 어떻게 되시죠?"

그 물음에 차준혁은 잠깐 뜸을 들이다가 대답했다.

"직장 동료입니다."

"난 또… 너무 호들갑이셔서 남편 분이신 줄 알았습니다. 아무튼 큰 문제는 없습니다. 그래도 걱정되신다니 영양제와 기본적인 약을 처방해드리죠."

의사는 옆으로 지나가던 간호사를 불러 몇 가지 약품들을 불러주었다. 간호사는 그 처방대로 링거를 들고 와서 신지연의 팔뚝에다가 주삿바늘을 꽂았다.

차준혁은 그사이 아무 데도 가지 않고 신지연을 쳐다보고 있었다.

"도대체 무슨 일 때문에 그런 거지?"

신지연도 정신적으로 나약한 편이 아니었다. 그럼에도 큰 스트레스를 받았다면 무슨 일이 있는 것이 분명했다.

"혹시… 이정수 치안감을 만나서 무슨 일이 있었나?"

공항에서 그녀의 통화를 엿들었을 때 이정수를 만나러 간다고 했다. 하루 만에 일이 있었다면 그쪽도 관련이 있을지 몰랐다.

자리를 지키던 차준혁은 이정수가 무언가 숨기고 있을지도 모른다고 생각했다. 그래서 지키고 있던 자리에서 일어나 응급실 밖으로 나갔다.

뚜르르르르…….

곧바로 전화기를 꺼내들고 이지후의 번호를 눌렀다.

그러자 신호음이 오래가지 않고 연결됐다.

—아침부터 무슨 일이야? 대포폰도 아니고.

원래대로라면 대포폰으로 지경원이나 이번에 일을 맡길

주경수에게 전화를 걸어야 했다. 하지만 자신의 핸드폰으로 곧장 걸어왔기에 이지후도 이상하게 생각했다.

"내가 돌아오던 날에 부탁했던 것 말이야. 조사는 어떻게 됐어?"

—그… 신지연이랑 여자하고 경찰청 이정수 치안감에 대해서 말이야?

사실 차준혁은 콩고에서 한국으로 들어오던 날 그녀와 이정수의 통화를 듣고 이지후에게 부탁해 놓았다.

물론 신지연의 뒤를 따라가고 싶었지만 가족들과 함께였으니 그렇게 하지 못했다. 거기다 뒤늦게 미행을 붙이기도 힘들어서 조사를 부탁했던 것이다.

"맞아. 어떻게 됐어? 처음에 조사했던 사항 외의 것으로 말이야."

초창기 조사는 신지연과 다시 만난 후에 그녀가 국정원에 들어가게 되는 계기를 알아내기 위해서였다. 그래서 당시 인사권을 가졌던 이정수를 자세하게 조사했다.

—안 그래도 그것 때문에 마침 전화하려던 참이었다. 이정수 치안감이라는 사람은 인맥이 엄청난 것 같던데?

"자세히 설명해봐."

인맥이야 사람이 높은 곳에 올라갈수록 자연스럽게 쌓여가는 것이다. 이정수처럼 치안감까지 된 사람이라면 당연히 그럴 수밖에 없었다.

—일반적인 인맥 말고, 펜팔 친구가 정말 많은 것 같아서

그래. 뭐··· 통화 기록에서 딱히 찾은 건 없었고, 메일을 발송한 양이 상당하더라.

공무원들은 서류결제를 받거나 공문을 보내는 데 있어서 메일을 자주 사용했다.

하지만 이지후는 그 점에 대해서 잘 모르기 때문에 이상하다고 생각하고 말한 것이다.

"그건 문제 될 것 없어."

특히 인사처부의 정상인 경무인사기획관이니 이상하지 않아 보였다.

—메일에서 이상한 코드가 잡히는데도?

"코드?"

—예전에 만들어놨던 암호패턴분석 프로그램으로 메일에서 뭔가 걸렸어.

뭔가 이상하다고 느낀 차준혁은 주변을 한 번 둘러보고서 말했다.

"핸드폰으로 찍어서 보내봐."

—알았어!

전화를 끊고 기다리자 잠시 후 사진이 담긴 문자가 도착했다. 사진에는 메일 옆으로 프로그램창이 떠 있었다.

메일은 해외에 있는 친구에게 보내는 내용이었다.

하지만 프로그램이 잡아낸 것은 그 안에 숨겨진 코드였다.

[$@$%$@*!$!%&$%)*&$@!%&$]

특수문자로 이뤄진 코드.

차준혁의 미간이 꿈틀거릴 수밖에 없었다.

"이건… IIS에서 사용하던 암호코드인데……."

회귀 전에 이정수는 국방부장관이었다.

당시에 IIS가 국방부와 밀접한 관계를 가지긴 했지만 주요간부 중에 이정수는 없었다. 거기다 IIS의 존재를 이정수가 알 수 없다고 생각했다.

"설마… 이정수 치안감도 IIS와 관련이 있었던 건가?"

지금으로써는 그 외의 관계가 떠오르지 않았다.

하지만 신지연을 국정원으로 보낸 인물이니 상관관계가 너무 이상했다.

차준혁이 다시 통화 버튼을 눌렀다.

─확인해봤냐?

"했어. 이거 말고 이정수 치안감에 대해서 다른 점은 없었어? 지금 운영이라든가 말이야."

─꽤 깊숙이 털어봤는데도 문제가 없던데?

"그래? 일단은 메일부터 쫙 털어봐줘. 암호코드로 된 메일을 받은 사람들의 메일까지도 말이야."

부탁을 마친 차준혁은 핸드폰을 주머니에 넣고 다시 응급실로 들어갔다.

김칫국 마시다 뒤통수 맞기

　신지연이 깨어난 것은 2시간 정도가 지나서였다.

　그녀는 눈을 뜨고서 자신의 앞에 앉아 있는 차준혁을 보았다.

　"주, 준혁 씨!"

　"일어났어요?"

　차준혁은 아무런 이상 없이 일어난 신지연을 보고 안도할 수 있었다.

　"제가 어떻게……?"

　"사무실에 출근하자마자 쓰러졌어요. 의사 말로는 충격을 받았거나 극심한 스트레스 때문에 혼절한 것 같다는

데……."

그 물음에 신지연의 동공이 살짝 흔들렸다.

회귀 전에 차주혁은 요원교육 중 하나로 순간적인 동공 반응기술까지 익혔다.

당연히 그 반응을 놓치지 않았다.

"아, 아무것도 아니에요."

"지연 씨. 어떤 일이든 제게는 숨기지 말고 말씀해주셨으면 해요."

차준혁은 시선을 피하려던 신지연의 어깨를 붙잡고 진지하게 말했다.

이에 신지연은 깜짝 놀라면서 고개만 살짝 돌렸다.

무언가 숨기는 것이 있는 반응이었다.

"후우… 뭔가 숨기는 것이 있고, 그게 지연 씨를 위험하게 만든다면 제가 어떻게 해서든 막아드릴게요."

아직 아무것도 확신할 수 없었다.

그 탓에 차준혁은 신지연이 먼저 말해주길 바랐다.

"그, 그게 아니에요."

신지연의 눈빛에 안타까움과 슬픔이 맺혔다.

그 순간 차준혁은 가슴 한구석이 찡해짐을 느낄 수 있었다.

"혹시… 이정수 치안감과 관계된 일인가요? 그와 만나서 제가 진급을 하고서 발령 날 거라고 들었나요?"

"그걸 어떻게 아셨어요?"

스트레스 원인 중에 가능성이 가장 희박했던 물음이 정
곡을 찔렀다.

"어쩌다가 알게 되었어요. 하지만 고작 그것 때문에 혼
절할 만큼 스트레스가 쌓인 거예요?"

차준혁이 발령이 난다고 해도 언제든 신지연을 볼 수 있
었다. 그러니 큰일이라고 생각하기에는 이상했다.

"혹시… 치안감께서 말씀하셨어요?"

"예. 맞아요."

당연히 거짓말이다.

이정수 치안감이 차준혁에게 그런 말을 할 리가 없었다.

"……."

그 대답과 함께 신지연은 입을 다물었다.

"제가 발령 나는 문제가 그렇게 힘들었어요?"

"조, 조금요……."

극심한 스트레스가 쌓일 정도라면 그것만으로는 부족했
다. 이에 차준혁은 크게 심호흡을 하며 그녀를 쳐다봤다.

"지연 씨한테 말해줄 것이 있어요."

"뭔…가요?"

차준혁의 진지한 목소리에 신지연이 숙이고 있던 고개를
천천히 들었다.

"저는 경찰을 그만둘 겁니다."

"…예?"

또박또박 말했으니 못 들었을 리가 없었다. 하지만 신지

연은 깜짝 놀라면서 차준혁의 말을 이해하지 못했다.

"경찰을 그만둘 거라고요. 오늘 출근한 것은 사표를 제출하기 위해서입니다."

"그럼 혹시… 청와대로 들어가실 생각이신 거예요?"

"제가 청와대에서 제안 받았다는 사실은 어떻게 아세요? 그것도 이정수 치안감이 말해주던가요?"

순간 신지연은 자신이 실수했다는 것을 알고 급히 입부터 가렸다.

그러나 이미 내뱉은 말을 주워 담을 수 없었다.

결국 청와대에 대한 이야기가 그녀를 스트레스 받게 한이유 중 하나였다. 물론 그녀가 생각하기에 청와대의 제안은 차준혁의 향후를 위해서 무엇보다 좋았다.

다만, 겨레회의 일원으로서 차준혁을 감시해야 한다는지시와 복잡한 감정 사이에서 부딪쳤다.

그렇다보니 그녀로서는 더욱 힘들어질 수밖에 없었다.

"그, 그게……."

"대체 이정수 치안감과 무슨 사이인가요? 어떤 관계이기에 저에 대해서 그런 사항까지 들은 거예요?"

차준혁은 그녀가 뭔가를 더 숨기고 있다 생각하며 물었다.

"친분이 있는 편이라 들었어요."

겨레회에 대해선 누구한테도 말할 수 없었다.

신지연은 대충 둘러대면서 차준혁의 눈치를 봤다.

"하아……."

차준혁은 힘들어하는 그녀에게 더 이상 따지고 싶지 않았다. 결국 한숨을 깊게 내쉬다가 다시 말했다.

"아무튼 저는 경찰을 그만둘 겁니다."

"경찰을 그만두면 앞으로 어떻게 하시게요……?"

방금 전 청와대 이야기를 꺼냈던 신지연이 조심스럽게 물었다. 청와대로 갈 것인지 묻는 것과 같았다.

"생각해봐야죠."

신지연이 이정수와 정확하게 어떤 관계인지 알아야 할 필요가 있었다. 그로 인해 차준혁은 애매하게 대답한 뒤 그녀의 표정을 살폈다.

뭔가 초조해 하면서도 고민하는 얼굴이었다.

"일단은 몸 상태부터 회복하세요. 의사 말로는 스트레스 때문에 많이 약해졌대요."

차준혁은 신지연이 걱정되었다.

그녀가 어떤 여자이든 절대로 포기할 생각이 없었다.

만약 이정수가 신지연을 위험하게 만드는 사람이라면 사전에 응징해버릴까도 생각했다.

"저는 이제 괜찮아요."

여전히 창백한 안색과 어울리지 않은 대답이었다.

신지연은 자신의 팔뚝에 찔러 넣어진 링거 바늘을 빼려 했다.

탁—!

차준혁이 그녀의 손목을 잡아채고는 소리쳤다.

"조용히 맞아요! 의사가 괜찮아지려면 다 맞아야 한다고
했단 말입니다!"

툭툭.

그 말과 함께 신지연에게 링거를 놓아주었던 여자 간호
사가 다가와 차준혁의 어깨를 두드렸다.

"여기는 응급실입니다. 언성은 좀 낮춰주시죠."

응급실을 쩌렁쩌렁 울린 차준혁의 목소리 때문에 주변에
있던 다른 간호사나 의사들의 시선이 몰려 있었다.

"죄송합니다. 죄송합니다."

무안해진 차준혁은 뒷머리를 긁적이면서 주변 사람들에
게 고개를 숙였다.

차준혁은 박광록에게 전화를 걸어 신지연을 병가로 쉴
수 있도록 해주었다.

그 후에 링거를 다 맞히고 그녀를 집으로 데려다주기 위
해 차로 이동했다.

"……"

미묘해진 분위기에 차준혁은 묵묵한 표정으로 운전에만
집중했다. 그러다 신지연이 집과 가까워지는 것을 보면서
조심스럽게 입을 열었다.

"화…났어요?"

대답이 없었다.

신지연은 자신이 잘못했단 것을 알기에 더 이상 아무런 말도 할 수 없었다.

끼익—!

차가 신지연의 집 앞에 도착했다.

"들어가세요."

"정말 경찰을 그만두실 거예요?"

"그럴 겁니다."

"왜 그만두시는 거세요? 경찰이 되고 싶어서 군인까지 관뒀잖아요!"

누가 봐도 이해되지 않는 행동이었다.

신지연은 방금 전 분위기 탓인지 조심스럽게 물었다.

"할 일이 생겨서요."

"그게 혹시 청와대로 들어가는 일인가요?"

"제가 선택할 문제예요. 그보다 지연 씨."

차준혁의 부름에 신지연은 숙이고 있던 고개를 살짝 들었다.

"왜…요?"

"경찰을 그만두고도… 제 곁에 있어줄 수 없을까요?"

"…예?"

뭔가 오해가 짙은 물음이었다.

때문에 신지연은 깜짝 놀란 표정을 지으면서 되물었다.

"제 곁에 있어줄 수 있냐고요."

청와대가 차준혁에게 내건 제안은 경호실장이었다.

물론 경호실장이 경호실 인사권을 쥔 것은 아니지만, 그쪽에서 먼저 손을 내민 만큼 신지연을 추천할 수 있을지 몰랐다.

신지연은 차준혁의 말을 그렇게 이해하고 생각에 잠겼다.

"청와대로 가자는 말씀이세요?"

"그게 어디든 말이죠."

차준혁은 그녀에게 자세한 설명을 할 수 없었다.

지금 말한다면 차준혁이 모이라이의 대표가 된다는 정보가 이정수에게 흘러들어갈 수도 있기 때문이다.

물론 이정수까지만이라면 큰 문제가 없었다.

하지만 그가 어떤 사람들과 연관됐는지 아직은 아무것도 알지 못했다.

"혹시… 청와대로 갈 생각도 아니신 건가요?"

신지연이 오묘한 뉘앙스를 느꼈는지 물어왔다.

"아까 말했듯이 아직은 설명해줄 수 없어요. 다만 지연 씨가 제 곁에 어떤 목적을 가지고 있든지 상관없어요. 그러니 생각해봐줘요."

"모, 목적이요?"

공항에서의 통화와 청와대에 대한 것을 알기에 한 가지는 추측할 수 있었다.

이정수가 자신에 대해서 관심을 가지고 있고, 신지연이 곁에서 지켜보면서 보고했다는 것을 말이다. 어쩌면 신지연은 이정수에게 이용당하는 것일지도 몰랐다.

그렇다면 경찰로 두는 것보다 자신의 곁에 가까이 두는 것이 안전했다.

"저는 지연 씨만 곁에 있어주면 됩니다."

"하지만……"

그녀의 눈가가 금방이라도 눈물을 흘릴 것처럼 촉촉해졌다.

이에 차준혁은 주먹을 꽉 쥐었다가 운전석에서 그녀가 탄 조수석 문을 열어주었다.

"일단 집에 들어가서 쉬세요."

신지연은 눈물을 꾹 참으면서 내렸다.

"말씀하신 것은… 생각해볼게요."

"고마워요."

이내 차준혁은 그녀의 등을 떠밀어 집으로 들여보냈다. 그리고 차로 다시 올라타서 곧바로 출발했다.

눈물을 참고 있던 신지연은 대문을 닫고 마당으로 들어섰다.

우우웅… 우우웅…….

주머니에서 핸드폰의 진동이 울려댔다.

그것을 꺼내본 신지연은 제자리에 주저앉았다.

털썩.

전화는 임석주 형사과장에게서 온 것이다.

병가가 올라가면서 차준혁에 대해 물어보기 위해 전화한 것이 분명했다.

"흑…! 흐윽……!"

그녀의 눈에서 참고 있던 눈물이 흐르고 말았다.

사랑하게 된 사람을 자신과 같은 길로 들어서게 만드는 것이 과연 옳은 것일까.

아무리 국가를 위한다고는 하지만, 이를 위해 사랑하는 사람을 감시하고 속이는 것이 누굴 위한 것일까.

신지연은 가슴이 찢어지는 것 같은 느낌이 끊임없이 눈물을 흘렸다.

지금도 임석주의 전화를 받아 차준혁이 어떤 결정을 내렸는지 보고해야 했기 때문이다. 그리고 그 보고는 임석주를 통해 이정수 치안감에게 올라간다.

결국 그녀가 통화 버튼을 꾹 눌렀다.

한편, 신지연의 집 아래로 차준혁의 차가 서 있었다.

신지연이 집으로 잘 들어갔는지 소리로 확인하던 중이었다. 주변으로 들리는 수많은 소리 중에 신지연의 발자국 소리를 확인할 수 있었다.

그런데 이내 울음소리가 들리더니 뒤를 이어 전화로 임석주의 목소리가 들려왔다.

꽈악……!

운전대를 잡고 있던 차준혁의 손에 힘이 들어갔다.

차준혁은 신지연을 집에 데려다준 후 사무실로 돌아와 박광록에게 사직서를 내밀었다.

스윽…….

"이게 뭐야?"

박광록은 그게 무슨 봉투인지 보지 않았다.

수사 중이던 사건자료에 집중하면서 대충 시선을 힐끗거렸다.

곧 앞에 놓인 커피를 들이켜려다가 차준혁의 대답을 듣게 된다.

"사직서입니다."

푸우우우!

깜짝 놀란 박광록은 쳐다보던 모니터로 커피를 내뿜었다. 그와 동시에 주변에 있던 동료들의 시선도 그리로 향했다.

"무슨 말이야? 사직서?! 그걸 왜 내?"

"그만두려고요."

차준혁의 말을 듣고 팀원들은 가까이 다가올 수밖에 없었다.

강혜와 이동형이 물었다.

"사직서라니? 그게 무슨 말이야?"

"준혁아. 너 뭐 잘못 먹었냐?"

실력이 없거나 사고를 쳤다면 모를까. 이제 막 징계처분이 해제되어 돌아온 사람이 할 말은 아니었다.

"말 그대로 경찰을 그만둘 겁니다. 보류할 생각도 없으니 사직서 수리를 부탁드리겠습니다."

"왜 그만두겠다는 건데?"

"개인사정으로요."

아직 자세한 이야기를 할 수 없었다.

그러나 사람들은 이해할 수 없기에 더욱 답답했다.

수사하던 사건도 중요했지만 차준혁이 그만두는 것은 더 큰일이었다. 그렇기에 박광록은 집중해서 보던 서류를 내려놓고서 차준혁에게 소리쳤다.

"그러니까! 그 개인사정이 뭐냐고!"

"아직 결정되지 않은 일이라 말씀은 드릴 수 없습니다. 정말 죄송합니다."

차준혁은 그동안 같이 사건을 해결해 왔던 팀원들에게 미안했다. 고개를 깊이 숙이면서 그들이 조금이라도 이해해주길 바랐다.

"야! 차준혁! 무슨 일 때문인지는 모르지만, 좀 더 생각해보면 안 되는 거냐?"

"오랫동안 고심한 끝에 결정한 것입니다."

차준혁의 눈동자는 미동조차 없었다.

그만큼 한 치의 거짓도 없이 진지했기 때문이다.

물론 그의 행동에 박광록은 미치고 팔짝 뛸 것만 같은 심정이었다.

"다시 생각해봐. 그때까지 사직서는 내가 보관해둘 테니까."

박광록의 입장에서는 차준혁이 그만두게 할 수 없었다. 그래서 시간을 두고 설득해볼 생각이었다.

"결정을 바꿀 생각은 없습니다."

"대체 왜 그러는데!!"

쾅—!

박광록은 차준혁이 설득할 여유조차 주지 않자 책상을 내려치면서 소리쳤다.

"오늘로 그만두겠습니다. 이만 실례하겠습니다."

지금 차준혁은 신지연과 관련된 임석주와 이정수 때문에 기분이 좋지 못했다. 그래서 자신이 할 말만 하고는 곧바로 사무실을 나왔다.

다들 어이없어 하는 사이, 이동형이 따라와 차준혁을 붙잡았다.

"너 진짜 왜 그러……."

소리를 지르려던 이동형은 차준혁의 분위기가 심상치 않음을 느끼고서 말꼬리를 흐렸다.

"동형아. 내가 지금 기분이 좋지 않으니까 다음에 다시 얘기하자."

차준혁은 그렇게 말을 마치고 차에 올라탔다.

모아라이 투자회사의 대표사무실로 5명의 사람들이 모여 있었다.

차준혁과 이지후, 구정욱, 지경원, 주경수였다.

그렇게 모인 이들은 모이라이의 수뇌부였다.

"자네 말은… 경찰청이 수상하다는 말인가."

먼저 구정욱이 테이블 위로 수북하게 쌓인 서류들을 보면서 물었다.

그 서류들은 이지후가 찾아낸 암호코드와 연결된 사람들의 신상정보와 메일 내용이었다.

"여기 놓인 것들을 보시면 알겠지만, 이정수를 비롯해 검찰청과 기업인들이 정기적으로 암호가 걸린 메일을 주고받았습니다."

"암호라…….."

구정욱은 국정원 정보팀장 출신이라 암호 해독에도 일가견이 있었다.

그러나 암호코드를 몇 번이나 봐도 이해하지 못했다.

"어떤 내용이야?"

이지후도 이해되지 않아서 차준혁을 보고 물었다.

병원에서 그 메일을 보고난 후에 자세히 설명해주지 않아서였다.

"이걸 해석하려면 코드 변환 프로그램이 필요해."

"나도 돌려봤는데… 아무것도 안 나오던데?"

일반적인 코드 변환 프로그램은 시중에서 어렵지 않게 구할 수 있었다. 거기다 프로그램과 코드에 해박한 이지후가 그것을 해보지 않았을 리가 없었다.

"그냥 돌리면 안 돼. 암호는 $, %, &인 특수문자 3개. 획으로 치면 2, 3, 1이지. 그 숫자를 2개씩 묶어서 합친 후에 나온 수로 돌려야 해."

이지후는 그 말을 듣자마자 코드가 뜬 메일 내용을 계산해 입력했다.

잠시 후에 코드 변환이 끝나자 장소와 시간이 나왔다.

[XX월 XX일 16시 서울 강남구 XXXX—XX]

거기서 끝이 아니었다. 그 뒤로 적색과 청색의 태극문양이 밑바탕으로 받쳐진 무궁화가 반투명하게 떠올랐다.

"뭐야… 이건?"

다른 사람들은 고개를 갸웃거렸다.

반면에 구정욱은 얼굴이 굳힌 채 천천히 입을 열었다.

"설마… 겨레회가 정말로 실존했다는 말인가?"

"겨레회라니요? 그게 뭡니까?"

차준혁도 처음 듣는 이름이었다.

하지만 IIS와 동일한 암호코드를 사용했으니 관계가 있는 것이 분명했다.

"내가 국정원에 갓 들어왔을 때 소문으로만 잠깐 들었던 비밀결사조직이네."

"소문이요?"

차준혁의 되물음에 모두가 긴장을 하며 구정욱의 입이 열리기만을 기다렸다.

"자세히는 모르네만, 그 소문을 들었던 시기에 국정원 요원들이 대거 실종된 일이 있었지."

"실종이라뇨?"

보통 조직도 아니고 국정원이었다.

그 정도의 일이라면 아무리 대외비로 만든다 해도 밖으로 드러날 수밖에 없었다.

"혹시 임무를 나갔다가 사고라도 당한 거 아니야? 영화를 보면 블랙요원들은 그냥 버린다며."

이지후는 영화에서 본 것을 말하면서 그다지 문제처럼 여기지 않았다.

"차라리 그랬다면 아예 소문조차 나지 않았어야지. 거기다 실종된 국정원 요원들은 대부분이 사무 요원이었어. 그때 내 선배에게 겨레회란 이름을 듣게 되었네."

"도대체 겨레회가 뭐기에 국정원 실종사건과 관계되었다는 겁니까?"

차준혁은 답답해져서 대답을 더욱 재촉했다.

"실종된 이들이 그 겨레회의 일원이라는 소문이었지. 당시 국정원은 자신들 외에 어떤 비밀조직도 허용하지 않던 시기였으니까. 물론 소문일 뿐이네."

구정욱의 말대로라면 국정원에서 원내에 잠입해 있던 다른 조직의 첩자들을 모조리 척결시켰다는 의미일 수 있었다.

이에 설명을 듣던 이들은 침을 꿀꺽 삼켰다.

다른 조직도 아니고, 국정원에 잠입해 있을 정도라면 보통이 아니기 때문이다.

"정말 겨레회의 일원이었습니까?"

"나도 모르지. 나중에 나온 결과로는 실종된 것이 아니라, 정부 지침에 따른 인원 감축으로 권고 사직해서 내보낸 것이라고 하더군. 허나 확인된 바는 아니네."

실종에 이어서 권고 사직.

뭔가 애매한 결과일 수밖에 없었다.

"그런데 그림만 보고 어떻게 겨레회란 비밀결사를 떠올리신 겁니까?"

"겨레회에 대해서 말해준 선배에게 들었지. 그 선배가 어떻게 알고 있던 건지는 몰라도… 방금 전 그림이 겨레회를 상징한다고 말해주더군."

그 대답과 함께 차준혁은 뭔가 찜찜한 기분을 지우지 못하고 테이블에 놓인 서류들을 쳐다봤다.

'이정수 치안감이 겨레회의 일원이란 말인가? 그렇다면 지연이도?'

곰곰이 생각하던 차준혁의 눈이 번쩍 뜨였다.

신지연이 겨레회의 일원이라면 국정원이었던 것보다 위험할 수도 있기 때문이다.

"지후야. 이제부터 정보팀은 겨레회에 대해서 알아봐야겠다."

"설마… 여기 있는 메일 내용을 전부 돌려보라는 말은 아니지?"

의미심장한 차준혁의 목소리에 이지후의 안색이 어두워지면서 수북하게 쌓인 서류로 시선이 옮겨졌다.

"아니, 이전의 메일까지 전부 해줘. 해당 시기의 장소에 있던 CCTV자료도 수집하고 말이야."

"이 미친놈아!"

테이블에 놓인 서류는 고작 최근 1달 분량이었다.

이전까지라면 언제부터인지 모르니 야근은 고사하고 며칠 밤을 새야 할지 몰랐다.

대표이사 자리를 내놓는다고 좋아하던 이지후에게는 지옥행과도 같은 선고였다.

"그리고 경원이는 주식 상장에 박차를 가해줘. 상장됨과 동시에 내가 대표이사로 오른다고 방송사에 뿌려주고 말이야."

"알겠습니다. 대표님."

지경원은 차준혁을 이미 대표로 인지하고 군소리 없이 대답했다.

"구 상무님은 혹시 겨레회에 대해서 알 만한 사람이 있는지 조사해주세요. 그 선배라는 분을 찾아서 물어볼 수 있으면 더욱 좋고요."

"그럴 수가 없네."

차준혁이 고개를 갸웃거렸다.

"왜 그럴 수 없습니까?"

"그 일이 있고… 며칠 뒤에 선배님이 교통사고로 죽었거든."

국정원 요원 실종에 대한 소문 뒤로 인원 감축이란 명분으로 권고 사직이란 공고가 떨어졌다.

더욱 어이없던 것은 겨레회를 알려준 구정욱의 선배가 교통사고로 사망한 것이다. 타이밍이 너무나도 절묘했다.

'설마… 자신들에 대해서 새어 나간 것이라 여기고 입막음을 한 건가? 아니면 국정원에서 움직인 건가?'

계속되는 의문이 차준혁을 괴롭히듯이 머릿속에서 계속 맴돌았다.

"메일에 숨겨진 코드로 겨레회든 뭐든 흔적은 일단 잡았습니다. 앞으로도 메일을 주고받을 테니 그 뒤를 따라붙어보죠."

어차피 꼬리를 잡은 것이나 다름없었다.

이에 구정욱도 구미가 당긴다는 듯이 미소를 지으면서

말했다.

"좋네. 그 말대로 하지."

차준혁은 지시를 마치다가 지경원과 같이 서 있던 주경수하고 눈이 마주쳤다.

"경수는 일 배울 만하냐?"

"예…? 아, 예! 그렇습니다."

워낙 카리스마 넘치던 차준혁의 행동 때문인지 주경수는 꽁꽁 얼어붙은 입을 떼듯이 대답했다.

"앞으로 더 바쁘질 거다. 그리고 네가 경원이를 많이 도와줘야 해. 여차할 때는 보호도 해주고 말이야."

주경수를 비서로 넣은 것은 지경원이 역할을 제대로 수행할 수 있도록 보호해주기 위한 것도 포함되었다.

물론 지경원은 사이코패스적인 성향을 가져서 웬만한 사람은 무자비하게 제압할 수 있었다.

하지만 상대가 한둘이 아니라면 힘들 수 있으니, 특수부대 출신인 주경수가 필요할지 몰랐다.

"아, 알겠습니다! 대표이사님!"

"이렇게 모여 있을 때는 편하게 불러도 돼."

말을 마친 차준혁은 또다시 생각에 잠겼다.

커다란 베일에 싸여져 자신이 IIS요원일 때조차 몰랐던 비밀결사조직 겨레회를 눈앞에 가져다 놓으려 했다.

신지연을 꼭 자신의 곁에 두기 위함이었다.

차준혁이 사직서를 낸 지 일주일이 흘렀다.

"이제야 차준혁 경위가 제출한 사직서가 수리되었단 말인가?"

비서실장 김범준의 보고를 받은 노진현 대통령의 입가에 미소가 자리 잡았다.

"방금 전에 경찰청을 통해서 확인했습니다."

청와대는 며칠 전에 차준혁의 사직서 소식을 접했다.

하지만 경찰청에서 수리하지 않고 있자 조용히 압박을 넣어 수리되도록 만들었다.

물론 청와대를 위해서였다.

"잘되었다니 다행이군. 그런데 이렇게까지 빨리 결정을 내릴 줄은 몰랐어."

차준혁이 경찰을 그만뒀다면 결과는 뻔했다.

거기다 이제는 사직서까지 수리되었으니 말이다.

당연히 청와대에서 제안한 대통령 경호실장으로 들어올 것이기 때문이다.

솔직히 그만한 제안을 누가 내밀 수 있을까.

지금에 와서 예상 밖의 수는 나오지 않을 것 같았다.

"그만큼 결단력을 가진 사람이겠죠."

김범준도 지금처럼 빨리 결정 내린 차준혁의 행동에 감탄하고 있었다.

"우리 쪽으로는 아직 연락이 없었나?"

경찰을 이렇게 빨리 그만뒀다면 바로 연락이 왔을지도 몰랐다.

"아직 연락은 없었습니다."

"흠… 그 친구가 우리 곁에 있어준다면 더할 나위 없겠군. 정말로 기대돼."

노진현 대통령이 그렇게 중얼거리자 김범준은 들고 있던 서류철을 앞으로 내밀었다.

"그보다… IIS 창설에 관한 사항은 어떻게 하실 겁니까? 요원들을 훈련시키는 중입니다만, 기존에 포섭하려던 사람들을 많이 놓친 상태입니다."

그 물음에 노진현 대통령은 기분 좋던 것이 사그라지면서 진지해졌다.

국방부장관 서승원과 같이 세운 프로젝트인 IIS 창설에 있어서 약 2년 전부터 문제들이 발생되었기 때문이다.

"정확히 어떤 상황인 거지?"

"정보팀으로 포섭하려던 국내 해커들의 80%. 정확히는 23명의 해커가 저희 제안을 거절했습니다. 거기다 무술교관으로 확정되었던 유중환이 막판에 결정을 바꾸면서 원래 훈련 기간보다 연장된 상황입니다."

자세한 설명과 함께 노진현의 미간이 일그러졌다.

IIS는 노진현이 임기 초반부터 세운 엄청난 프로젝트였다.

당연히 엄청난 예산과 인력이 투입되었다.

그에 앞서 대외적으로 관계자 외에 누구도 알아서는 안 되기에 철저한 보안까지 필요했다.

직접적인 관계자는 대통령 노진현과 국방부장관 서승원. 마지막으로 비서실장 김범준이었다.

하지만 중요한 일들이 하나씩 틀어지자 초조할 수밖에 없었다.

"혹시… 다른 이들이 우리의 계획을 알게 된 것은 아니겠지?"

"그건 아닐 겁니다. 만약 의원들이 대통령님의 계획을 알게 되었다면 이미 그걸 빌미로 문제를 일으켰을 겁니다."

국가예산 중 불투명하게 쓰인 부분이 있다면 그것만으로도 대통령은 큰 책임을 물게 된다.

그런데 다른 것도 아닌 국가기밀 조직을 창설하는 데 썼다고 발표된다면 국민들의 분노까지 사게 될 수 있었다.

그것은 노진현 대통령을 탐탁지 않게 생각하는 이들에게 있어서 최고의 먹잇감이었다.

"하긴… 문제가 생겼다면 벌써 생겼겠지. 그런데 정보팀 구성은 어떻게 해결할 생각인가? 나머지 20% 인원으로 구성할 생각인가?"

"그럴까도 고려해봤지만 인성적으로 문제가 심한 이들이었습니다. 자칫 IIS에서 문제가 될지 몰라 제안을 보류해두었습니다."

IIS는 국정원과 따로 운영되어 대한민국을 지켜줄 조직이다. 당연히 일원을 받는 데 있어서 국가에 대한 충성도가 우선시되어야 한다.

"흠… 그 외에 요원들 훈련은 문제가 없겠지?"

"없습니다. 허나, 방금 말씀드렸던 해커들 대부분이 저희의 제안을 거절한 것이 좀 이상하게 생각됩니다."

거절한 사람이 한두 명도 아니고 23명이나 된다.

국가차원에서 벌인 계획이기에 연봉이나 수당도 일반적인 직장과 차원이 달랐다.

물론 그런 해커들이 국가를 생각할 리도 없었다.

하지만 대우와 함께 명예가 생기니 쉽게 거절하지 못할 것이 분명했다.

심각한 대화가 오가던 중에 김범준의 핸드폰이 주머니 속에서 울렸다.

우우웅! 우우웅!

"죄송합니다."

"아닐세."

"서승원 장관에게서 온 전화입니다."

그가 IIS 창설의 관계자였기에 김범준은 자리를 옮기기 않은 채 핸드폰을 받았다.

"김범준입니다."

―지금 뉴스를 보게! 큰일이 났어!

"기다려주십시오."

서승원의 다급한 목소리에 김범준은 테이블에 놓인 리모컨을 집어 들었다.

방금 전까지 중요한 대화를 하던 중이었기에 언제나 틀어놨던 집무실의 TV가 꺼져 있었다.

TV를 켜자 뉴스가 나오기 시작했다.

동시에 무슨 일인가 생각하던 노진현과 김범준의 표정이 딱딱하게 굳었다.

[국내 최고의 신생기업 1순위를 유지 중이던 모이라이 투자회사가 마침내 주식을 상장했습니다. 시작 주가는 약 200만 대로, 주식 상장 역사상 최고의 금액이라고 주식전문가가 분석했습니다.]

[이와 더불어 베일에 싸여 있던 모이라이 투자회사의 이지후 대표이사직을 내려놓았습니다.]

[새로 취임한 모이라이의 대표이사는 전직 간부 후보생의 경찰 출신이자, 콩고민주공화국의 내란 발발위기 당시에 폭탄테러를 해결하여 당국에서 영웅 훈장까지 하사받은 차준혁 씨로 알려졌습니다.]

뉴스를 보던 노진현 대통령과 김범준은 경악했다.

모이라이 투자회사의 새로운 대표이사가 방금 전에 자신들이 이야기하던 차준혁이기 때문이다.

"저, 저게… 어찌 된 건가?"

당황한 노진현 대통령은 말까지 더듬으면서 물었다.

하지만 김범준도 그처럼 뉴스를 통해 지금 일을 알게 되었기에 지금 당장 알아낼 방법이 없었다.

"확인해보겠습니다."

"지금 와서 알아본들 어쩌겠단 말인가!"

대표이사에 취임한다는 것도 아니고, 이미 취임했다는 소식이다.

그것은 대통령 경호실장 자리도 거절하겠다는 의미와도 같았다.

이제 와서 확인해봐도 그 사실은 달라지지 않는다.

결국은 경호실장 제안에 대해서 완벽한 거절 의사를 뉴스를 통해서 듣게 된 것이다.

그 탓에 두 사람은 뒤통수를 맞은 것처럼 뉴스를 지켜보고만 있었다.

[차준혁 씨는 이지후 전(前) 대표이사와 모이라이 투자회사 창립에 있어서 초기 자본 중 절반을 투자하였다고 합니다.]

[이후 경영에는 일체 관여하지 않고 경찰로서 살아왔고, 모이라이 주식 30%를 소유하여 경영자로서 앉게 되었다

고 발표되었습니다.]

　[주식 전문가의 의견으로는 30%에 해당하는 주식의 가치는 한화로 약 6,000억에 이른다고 합니다.]

　집에서 TV를 보고 있던 차준희와 어머니 김이선은 먹고 있던 과일을 툭 떨어뜨렸다.

　"준희야… 저 차준혁이란 사람이… 혹시 우리 준혁이를 말하는 거니?"

　뉴스에서는 최근에 찍은 차준혁의 사진까지 보여주고 있었다.

　차준희도 여전히 믿기지 않는지 멍하니 앉아 있었다.

　"맞는 것 같은데……."

　"그럼 준혁이가 저 모이라이라는 회사의 대표이사라는 거니?"

　"으응……."

　두 사람이 TV를 보던 중에 아버지 차문호가 기지개를 켜며 거실로 걸어 나왔다.

　전날 지구대 야간 당직을 했던 터라 아침에 들어와서 자다가 지금 일어난 것이다.

　"뉴스에서 뭐라도 나오나?"

　황당해 하던 두 사람이 차문호를 쳐다봤다. 그리고 다시 시선을 TV로 옮겼다.

　이에 차문호도 TV를 보았다.

그리고 차준혁이 경찰을 그만두고 모이라이의 대표이사
가 되었다는 소식을 들을 수 있었다.

"저, 저게 어떻게 된 거야?"

뉴스를 보면서도 이해가 되지 않았다.

"오빠가 저기 대표가 되었다나 봐요."

"그러니까. 경찰은 어떻게 하고?"

"뉴스에서는 그만뒀다고 나오던데요? 그리고 오빠가 모
이라이의 주식을 6,000억이나 가지고 있대요."

딸의 자세한 설명에도 차문호는 여전히 이해가 되지 않
았다.

철컥!

그러던 중에 현관문이 열리는 소리가 들리면서 차준혁이
들어왔다.

"저 왔어요."

"오빠! 뉴스! 뉴스 어떻게 된 거야?!"

차준희가 현관 앞에서 신발을 벗던 차준혁에게 물었다.

"저게 오늘이었구나."

"오늘이었구나? 그럼 정말 저기 나오는 차준혁이 오빠
란 말이야?"

간단한 이력까지 소개되었다.

확실한 증거사진으로 얼굴까지 나왔음에도 차준희는 믿
지 못했다.

"맞아."

"준혁아. 우리 대화를 좀 해야겠구나."

거실에 서 있던 아버지가 바닥으로 양반다리를 틀면서 앉았다. 가족들은 아무도 몰랐던 일이니 설명이 필요했기 때문이다.

차준혁도 아버지 앞에 자리를 잡았다.

"어떻게 된 일이냐."

"보신 대로입니다. 경찰은 일주일 전에 그만두었고, 모이라이라는 회사의 대표를 하게 되었습니다."

간략한 설명에 아버지의 표정은 더욱 어두워졌다.

하루아침에 경찰이었던 아들이 엄청난 회사의 대표가 되었으니 이해가 되지 않았기 때문이다.

"그러니까. 어떻게 네가 저 회사의 대표가 되었냐는 말이다."

"사실 전역하고 모아놨던 돈으로 친구에게 조그만 투자를 한 적이 있습니다."

"그게 저 회사란 말이냐?"

사실 초기. 투자금은 오로지 이지후의 돈만 들어갔다.

하지만 대표가 되기 위해서는 명분이 필요했다. 그래서 초기투자를 하여 이윤을 환산한 돈을 대신해 주식으로 받은 것으로 만들었다.

"예. 다행히 친구의 경영 능력이 좋아서 큰 이익을 볼 수 있었습니다. 그 덕분에 주식의 일부분을 받게 된 것입니다."

"그렇다면 경영은 그 친구에게 맡기면 될 일이지. 네가 왜 대표가 된 것이냐? 경영에 대해서 알지도 못하지 않느냐."

틀린 말은 아니었다. 아버지나 다른 가족들의 입장에서 차준혁이 어렵게 된 경찰이기에 더욱 그러했다.

물론 차준혁도 아버지의 생각을 모를 리가 없었다.

"그곳의 대표가 해야만 할 일이 생겼습니다. 그리고 일단은 지켜봐주시면 안 될까요?"

"네가 되고 싶다던 경찰보다도?"

처음에 차준혁은 경찰로서 세상을 바꿔보겠다고 생각했었다. 그러다 사랑하는 사람을 찾고서 자신이 알지 못하던 어둠을 알게 되었다.

"예. 그렇습니다. 믿어주시길 부탁드립니다."

차준혁은 경찰이 되겠다고 말했을 때보다 진지한 분위기였다. 이에 아버지는 잠시 눈을 감고서 생각하다가 입을 열었다.

"흐음… 알았다. 어차피 경찰도 이미 관두었고, 자신이 할 일을 스스로 해 나가고 있으니 우리가 뭐라 해도 소용이 없겠지."

아버지의 말씀에 차준혁은 고마움을 느꼈다.

아버지는 거기서 말을 멈추지 않고 계속 이어 나갔다.

"어떤 선택이든 후회가 남지 않는 선택은 없다. 그러니 스스로의 선택에 후회가 생기더라도 멈추지 않길 바란

다."

"감사합니다. 아버지."

대답과 함께 무거운 분위기가 사그라지자 차준희가 차준혁의 옆으로 조심스럽게 다가왔다.

"오빠! 뉴스에서 오빠가 가진 주식이 6,000억이나 된다던데… 정말이야?"

"일단은 그 정도 될 거야."

사실은 그보다 더 많았다.

이지후가 차준혁에게 넘겨준 주식은 총 81%로 대략 1조 6천억 원이었다. 거기다 모이라이의 자산 자체는 이미 그 액수를 돌파한 지 오래였다.

로드페이스에다가 울린지에 대한 사원 권한, 현재 투자로 뿌려진 자금까지 포함한다면 수조 원을 훌쩍 넘었다.

물론 가족들에게는 거기까지 말해줄 수 없었다.

"그럼 오빠… 이제 부자가 된 거야?"

이지후, 구정원, 지경원이 소유한 19%를 제외한 81% 중에 차준혁이 대외적으로 보유한 주식은 30% 정도였다. 그중에 5%만 주식 상장을 하면서 주식시장으로 풀어 약 1,000억에 달하는 자금을 만들었다. 물론 사적으로 사용한 것이 아니라 모이라이의 운영자금으로 쓰였다.

남은 주식은 46%.

거기서 40%는 차명으로 된 페이퍼컴퍼니로 넣어두었고, 5%는 사원들에게 약 0.004%씩으로 분배해서 뿌렸으며, 마지막 1%는 비서가 된 주경수에게 주기로 했다.

1%만 해도 돈으로 환산하면 200억이었다.

이에 주경수는 큰 부담이 되어 거절하려 했다.

하지만 차준혁은 앞으로 같이 일할 것을 생각하여 겨우 설득해서 받게 만들었다.

"부자는 무슨… 운 좋게 투자했던 돈이 뻥튀기된 거야. 이제 회사도 맡게 된 거니까 잘 관리해봐야지."

"그게 부자지 뭐야!"

차준희가 어이없다는 표정으로 투덜거렸다.

차준혁은 미소를 지어 보이다가 아버지를 쳐다보았다.

"아버지. 그보다 집을 이사했으면 좋겠어요."

"이사?"

"이사라니?"

차준혁의 갑작스런 제안에 아버지와 어머니가 놀라면서 되물으셨다.

"돈이 생겼다고 막 쓰려는 것이 아니니까 오해하지 마세요. 일단 제가 대표가 된 이상, 지금 집은 보안에 너무나 취약해서요. 그리고 빌라 주민들에게도 계속 민원이 들어오잖아요."

방금 전 방송된 뉴스 때문에 지금도 기자들이 차준혁의 집 앞에 진을 치고 있었다.

단독주택도 아니고 다세대가 사는 빌라이다 보니, 인근 주민들이 불편할 수밖에 없었다.

"흠……."

지금의 집은 아버지가 오랜 경찰 생활로 모아온 돈으로 어머니가 근검절약하면서 모아서 살 수 있었다.

나름 가족들에게 소중한 집이니 망설이시는 것이다.

"아니면 이 집은 전세를 주고, 다른 집으로 이사만 하셔도 돼요."

어차피 자금적인 여유는 충분했다.

물론 차준혁도 돈지랄하는 것이 아니었다.

지금처럼 기자들 또는 다른 위험이 닥쳐 왔을 때가 문제였다. 지금 집은 위험할 수 있기 때문이다.

"당신 생각은 어때?"

차문호가 아내 김이선에게 물었다.

이사가 가벼운 일도 아니니 지금 집으로 이사할 때 제일 힘들었던 아내의 의견을 듣기 위해서였다.

"저는 좋아요."

"당신 생각이 그렇다면 찬성이지."

다행히 아버지는 차준혁의 의도를 오해하지 않고 들어주셨다.

그렇게 이사가 결정되었다.

뉴스에서 방송된 엄청난 소식으로 아주 난리가 났다.

특히 차준혁의 사직서 제출과 더불어 청와대의 압력으로 그 사직서를 수리해준 경찰청이 대표적이었다.

"도, 도대체! 저게 어떻게 된 일입니까?"

"저도 잘 모르겠습니다."

경찰청장 주상원은 차준혁이 사직하고 청와대로 들어가겠다고 생각했다. 그런데 생뚱맞게도 엄청난 기업의 대표이사가 되어버렸다.

지금도 자신이 본 뉴스가 사실인지 믿기지 않았다.

"잠깐… 그렇다면 청와대도 차준혁을 포섭할 수 없게 된 것인가?"

"지금은 그게 문제가 아닙니다."

주상원의 안도와 달리 이정수는 더욱 큰 문제에 직면했다.

"뭐 때문에 그런가?"

"차준혁은 콩고와 밀접한 관계이지 않습니까."

"그렇지."

콩고민주공화국에서 차준혁은 영웅 훈장을 하사받고 명예국민이 되었다.

모이라이는 날개를 달게 된 것이나 마찬가지였다.

그러자 이정수가 다급해진 목소리로 외쳤다.

"모이라이는 로드페이스를 인수한 회사입니다. 이대로 간다면 앞으로도 콩고와의 사업에서 다른 기업들은 제안조차 내밀지 못하게 될 겁니다."

경찰청에 있어서 기업 관계는 상관이 없다.

하지만 앞으로 차준혁과 모이라이가 얻게 될 이득이 엄청나기에 겨레회의 일원으로서 안타까운 것이다.

만약 차준혁을 겨레회로 받아들였다면 은밀하게 공급받았던 운영자금을 더욱 확장할 수 있을지도 몰랐기 때문이다.

"허어……!"

그 말을 이해한 주상원은 탄식을 금치 못하고 뚫어지게 뉴스를 쳐다봤다.

"차준혁과 다시 접촉해봐야 할지도 모르겠습니다. 가능하다면 포섭도 생각해봐야죠."

"그 말은 차준혁을 겨레회로 받아들이잔 말인가?"

겨레회는 광복 이후부터 친일파를 숙청하기 위해 약 70년의 세월을 힘겹게 거쳐 왔다. 하지만 친일파는 그들이 생각하는 것보다 사회에 빨리 녹아들었다.

당시 광복을 했다고 하지만 친일파들의 뒤를 봐주는 존재들은 여전히 건재했다.

그들은 배후의 도움으로 국민들이 잃어버린 땅들을 사들였다. 이내 서울의 일부분을 차지하고 누구보다 부유해질 수밖에 없었다.

"야계를 상대하기 위해서는 꼭 필요할지도 모릅니다."

그런 이정수의 입에서 중요한 이름이 튀어나왔다.

바로 친일파들을 도와주었던 배후.

그들을 야계(野鷄)라고 칭했다.

야계란 멧닭이라 불리는 꿩을 뜻한다. 그리고 꿩은 일본의 국조였다. 야계는 그런 친일파들을 통틀어 겨레회에서 부르는 별칭이었다.

"일반 회원이라면 모르겠지만… 차준혁 정도라면 장로원의 승인이 필요하네."

현재까지 겨레회의 회원만 10,000명이 넘었다.

그들을 모두 장로들이 받아들일 수는 없었다.

그래서 보통 겨레회 일원은 장로 바로 밑의 간부가 모든 권한을 가지고 받아들인다.

물론 사회로 완벽하게 녹아들어야 하는 임무가 우선시되기 때문에 은밀한 절차도 필요했다.

하지만 차준혁은 그런 일반 회원과는 달랐다.

특수부대 출신에다가 간부 후보생으로 경찰이었던 전적도 가지고 있었다. 거기다 지금은 내로라하는 기업의 대표이사로 취임하게 되었다.

겨레회에서 보유 재산만으로 위치를 정한다면 간부 이상 등급에 속하게 된다. 그러니 간부급에서만 일원에 대한 절차를 밟기가 힘들었다.

물론 독단적으로도 할 수 있지만 차후 문제가 생길 수도 있었다.

"부탁드리겠습니다. 차준혁이라면 장로들께서도 나쁘지 않게 검토해주리라 생각됩니다."

반면에 이정수는 차준혁이 겨레회에 있어 중요한 패가 될 것이라고 판단했다. 그가 가진 재력에 대한 힘으로 인해서가 아니라 직접 마주하고 느꼈던 기분 때문이다.

결코 보통사람 같지 않았던 분위기. 청와대나 경찰청에서 제안을 받았음에도 흔들리지 않았던 태도. 뭔가 범접하기 힘든 느낌도 살짝 받았다.

한편, 경찰청과 같이 난리가 난 곳이 또 있었다.

골드라인을 구축하여 기업경제를 휘어잡으려던 박해명과 그 일원들이었다.

해명그룹의 박해명, 남송그룹의 남송, 천환그룹의 김추성. 거기다 용진로펌의 김용진까지 뉴스를 보고 급하게 모였다.

"차준혁이란 놈은 도대체 정체가 뭡니까? 전직 경찰이 모이라이의 대표? 그것도 주식 상장이 되자마자 30%나 되는 주식을 보유한다는 것이 말이나 됩니까?"

남송 회장은 흥분한 상태로 언성을 높이면서 지금의 사실을 부정하고 싶어 했다.

이에 김추성 회장이 입을 열었다.

"모이라이가 주식 상장이 된다는 정보를 얻고 나서 최대한 확보하기 위해 손을 써봤지만 확보한 것은 고작 1.2%

뿐입니다."

물론 한화로 약 240억 정도이기 때문에 결코 적은 액수
가 아니었다.

하지만 주식 상장 정보에 엄청난 사람들이 달려들었으
니, 아무리 골드라인이라 해도 많은 수의 주식을 확보하지
못한 것이다.

"이참에 모이라이를 흔들어볼까 했더니… 그것도 힘들
게 되었군요. 그런데 주식시장에 풀린 주식량은 대체 얼마
나 되는 겁니까? 개인주주들은 파악이 되나요?"

남송의 물음에 김용진이 앞으로 나서서 조사해 온 것을
읊기 시작했다.

"확인된 주식량은 5%밖에 되지 않습니다. 그 외에 5%는
사원들에게 소량으로 양도했더군요."

"흥! 주식을 사원들에게?"

남송은 콧방귀를 꼈다. 자신의 입장에서는 절대 이해되
지 않는 행동이었기 때문이다.

"그럼 나머지 주식은 어디로 간 겁니까?"

이번에는 김추성이 물었다.

그러자 입을 여는 김용진의 표정이 또다시 어두워졌다.

"현재 파악된 바로는 30%는 차준혁이 소유하고 있습니
다. 그 외 19%는 창립 멤버들이 평균 6%씩. 나머지 5%는
아까 말씀드린 대로 사원들에게 양도되었고, 장에 풀린
5%까지 빼면 총 41%가 남습니다."

"그러니까. 나머지 41%가 어디로 갔느냐 말입니다."

설명만 흘러나오자 사람들은 답답해졌다.

그래서 대답을 재촉하면서도 초조한 표정을 지었다.

"파악되지 않았습니다. 모이라이에서 자체적으로 주식 권리를 양도한 것 같습니다."

사원들에게 양도한 것은 모이라이에서 발표했기 때문에 알 수 있었다. 그 외에 주식을 사고 판 것이 아니라면 증권 가에서도 파악이 불가능했다.

이내 조용히 입을 다물고 있던 박해명이 말했다.

"일단은 공식적으로 모이라이의 수뇌부들이 소유한 주식이 49%란 말이군요."

어차피 사원들이 가진 5%는 극소량이기 때문이다.

한 사람당 1%도 되지 못할 테니 애꿎게 모으려 해봤자 고생만 할뿐이었다. 차라리 소재불명의 주식을 찾아내는 것이 더욱 현명했다.

"맞습니다. 지금으로써 주식으로 모이라이를 흔들어보기는 힘들 것 같습니다."

모이라이가 주식 상장을 한다고 정보가 들어왔을 때는 골드라인에게 기회나 다름없었다.

하지만 모이라이의 튼튼한 자금력 때문에 큰 양이 풀리지도 않았고, 그 외의 주식 파악도 어려웠다.

그러던 중에 박해명이 입을 열었다.

"새로 대표가 된 차준혁이라는 사람이 최근까지 경찰이

었다고 했지요?"

"그렇습니다. 거기에 전에는 특수부대원 출신이라 최근에 콩고에서 벌어진 내란에서 폭탄까지 해체하여 영웅 훈장까지 받았습니다."

워낙 유명한 일이었다. 물론 박해명도 알고 있었지만 김용진에게 확인 차 다시 물어본 것이다.

"그렇다면 배후에 좀 더 커다란 인물이 있을지도 모르겠군요."

"모이라이에 말입니까?"

솔직히 젊은 두 사람이 지금의 모이라이를 만들었다는 것 자체가 기적과도 같았다. 큰 사업을 일궈낸 기업인의 입장에서 그런 느낌이 더 들 수밖에 없었다.

"이지후 전 대표는 MIT 출신이긴 해도 경영인 타입은 아닙니다. 솔직히 그때도 배후가 있을 줄은 알았지만, 차준혁 또한 아니었지요. 전직 군인에다가 경찰인 사람이 뭘 했겠습니까."

모이라이는 보통 기업과는 차원이 달랐다.

어떤 기업이든 틈이 있고, 어디서든 그 틈을 비집고 들어갈 수 있었다.

반면에 모이라이는 미세한 틈조차 찾을 수 없었다.

그런 대단한 기업을 두 명의 젊은 사내가 투자하여 만들수 있을까.

당연히 불가능하다고 여겼을 것이다.

192

거기다 골드라인이 갖은 수를 써서 알아보았음에도 불구하고 그 틈조차 보이지 않았으니 말이다.

박해명은 그만큼 철두철미한 존재가 모이라이의 배후로 있다고 생각했다.

"허면… 대체 어떤 사람이 모이라이를 세웠다는 말입니까?"

남송 회장도 의문을 품고 물었다.

그렇게 진짜 모이라이의 주인이 밖으로 나섰음에도 다들 믿지를 않았다.

겉으로 보는 고정관념이 너무도 강했기 때문이다.

"모이라이의 40%에 달하는 주식을 보유한 인물이겠지요."

흔적도 없이 사라진 41%의 주식.

비상장 주식이 상장되면서도 흔적을 찾을 수 없다면 개인이 보유한 것이 틀림없다고 판단했다.

이에 모두들 박해명이 추측한 모이라이의 배후에 대해서 골똘히 생각했다.

그때 천환그룹의 김추성 회장이 중얼거렸다.

"그게 누구든… 만만치 않은 상대란 사실은 변함이 없을 듯싶습니다."

박해명도 그 말에 동의했다. 또한 지금 이 자리에서 고민해봤자 결론이 없단 것을 알 수 있었다.

"흠… 그렇다면 일단은 새로운 대표부터 흔들어보죠. 경찰을 할 동안 경영에 개입한 흔적이 있다면 문제가 되지 않겠습니까."

경찰은 본직 외에 타 직업으로 이익을 취할 수 없다.

그 점을 노려서 흔적이 나온다면 모이라이의 대표자리가 흔들릴 것이고, 틈을 만들 수도 있었다.

계획만 잘 진행된다면 배후에 숨어 있는 존재도 끌어낼 수 있을지도 몰랐다.

겨레회는 10명의 간부들이 각자 맡고 있는 4명의 최상위 조장들이 있다. 그리고 그 밑으로 상위조장과 중위조장, 중하위, 하위조장들이 존재한다.

각 조장들이 데리고 있는 조원들을 모두 헤아리면 10,000명이 훌쩍 넘었다.

물론 점조직 특성상 조원들끼리는 밖에서 서로의 존재를 알지 못했다. 그럼에도 겨레조원이라는 신념만 가지고 상부의 지시를 받고 분주하게 움직였다.

[모이라이 대표의 차준혁에 대한 정보 수집.]
[비관계자는 본직 수행. 관계자만 허용.]

쓸데없는 움직임을 피하라는 의미와 같았다.

그만큼 겨레회는 조심성이 많았다.

이에 겨레조원들은 상부의 지시를 지키면서 차준혁과 조금이라도 관계 있는 인맥을 찾아 조사하기 시작했다.

특히 경찰과 검찰 쪽은 자체적인 조사가 가능하니 더욱 수월하게 움직였다.

[가족관계 파악 완료.]

[출신지 및 학교 파악 완료.]

[친분관계가 상당히 미흡. 학창시절 친구가 없던 것으로 추측됨.]

[경찰교육원 교육 당시 상황파악 완료.]

각종 조사 결과들이 다시 라인을 타고 올라가기 시작했다.

잘못 건드리면 최하 반병신(半病身)

캄캄한 밤이었다.

경찰청장 주상원은 경기도 외곽에 위치한 폐건물 안으로 조용히 들어섰다. 플래시로 주위를 비춰 지하로 통하는 계단으로 내려가기 시작했다.

저벅. 저벅. 탁—.

계단 끝은 막혀 있었다.

주상원은 개의치 않고 벽의 좌측 구석으로 손바닥을 가져다대었다. 그러자 미세한 전자음이 들리더니 벽이 좌우로 열렸다.

옅은 붉은빛이 깔린 복도가 모습을 드러냈다.

복도로 익숙하게 들어선 주상원은 더욱 깊숙한 곳에 위치한 방을 찾아들어갔다.

달칵!

문이 닫히면서 컴컴했던 공간으로 새어 들어오던 미세한 빛마저 사라졌다. 대신 그와 동시에 공간에 불이 켜지더니 전면에 5개의 커다란 모니터가 보였다.

주상원이 그리로 다가가자 두 개의 모니터가 켜지고 사장로와 오장로의 얼굴이 나타났다.

띠—!

[정기 보고일도 아닌데 무슨 일인가?]

[무슨 문제라도 생긴 건가?]

현 시설은 겨레회의 간부들이 장로들에게 보고하기 위해 마련된 장소였다.

따로 호출은 필요 없었다. 해당 간부가 비밀 문을 인증하여 열게 되면 논의가 가능한 장로들이 영상에 접속하게 된다.

'두 분만 받으실 수 있는 건가?'

장로들도 사회에서 본직이 있는 사람들이다. 그렇기에 바쁘거나 할 경우 연결이 안 되거나 가능한 사람만 논의에 참석한다.

주상원은 그렇게 나타난 두 장로를 보고 잠시 뜸을 들였다.

5명의 장로들이 서로 맡은 분야가 있기 때문이다.

거기다 지금 얼굴을 내민 장로들은 주상원이 제시할 일에 반발을 할지도 몰랐다.

하지만 이미 불렀으니 말을 꺼내야만 했다.

"겨레회원을 받는 데 있어 심사를 하기 위해 장로님들의 승인을 받고자 합니다."

그 대답에 두 장로는 문제가 없다는 것을 확인하고서 다시 입을 열었다.

[계속 말씀하시게.]

"모이라이의 대표가 된 차준혁이란 사내입니다."

[차준혁이라면 상당히 유명해진 인물이지. 그런데 최근까지 청와대와 경찰청에서 포섭하려고 하지 않았던가?]

경찰청과 청와대에도 겨레회가 녹아들어 있었다.

당연히 작지 않은 일이었기에 여러 방식을 통해 소식이 올라가게 된다.

"그 일은 실패했습니다."

주상원의 대답과 함께 중앙에 있던 화면이 커지고 삼장로가 모습을 드러냈다.

[무슨 일입니까?]

모니터 영상끼리도 대화가 가능했다. 그렇기에 사장로와 오장로가 그에게 방금 들은 이야기를 해주었다.

[차준혁을 겨레회의 일원으로 심사해 달라고 요청하는군요.]

삼장로의 미간이 씰룩였다. 그러면서 주상원과 눈을 마

주치고 입을 열었다.

[청와대처럼 포섭에 실패했으니 안타까울 만하지. 하지만 위험한 인물일 수도 있네.]

삼장로도 주상원처럼 차준혁을 직접 만나보았다.

대통령의 최측근이자 스케줄을 관리하는 김범준이기 때문이다.

"청와대에서의 제안이 있었음에도 경찰청이 독단적으로 움직인 점에 대해서는 죄송합니다."

이에 주상원은 미처 하지 못했던 사과를 올렸다.

하지만 김범준이 고개를 절레절레 저으면서 그에게 말했다.

[사과할 일은 아니지. 그 일은 경찰청을 위한 탁월한 선택이네. 물론 둘 다 잘되지 못해서 안타깝지만 말이야.]

"감사합니다. 아무튼 차준혁에 대해 심사 요청을 드리는 바입니다."

이에 모니터에서 소리가 나오지 않더니 장로들이 서로 논의를 시작했다. 그들도 영상으로 따로 연결된 것이라 어렵지 않았다.

시간이 얼마 지나자 삼장로가 입을 열었다.

[물론 자네의 말대로 차준혁이란 사내의 능력은 대단하다고 여겨지네. 다만 능력이 출중한 만큼 위험도 있는 법이지. 그러니 심사 절차를 밟기 전에 좀 더 지켜볼 수 있도록 사람을 심어두도록 하겠네.]

장로들도 차준혁의 능력은 높게 평가하고 있었다.

하지만 겨레회는 은밀하면서도 조용하게 움직여야 한다. 물론 사회적으로 자금을 위해서 소란스럽게 움직이는 이들도 있긴 하지만, 차준혁은 그들과는 질적으로 뭔가가 달랐다.

"…알겠습니다. 그런데 사람은 어떻게 붙이실 생각입니까? 괜찮다면 제가 관리는 일원 중에 알맞은 사람이 있습니다."

이는 신지연을 말함이었다. 지금 논의 중인 차준혁과 파트너로 보낸 시간이 있는 만큼 누구보다 가깝게 접근할 수 있었다.

[고려해보도록 하지. 일단 간부들을 통해 겨레조원들에게 차준혁에 대한 정보를 수집하도록 요청하겠네.]

겨레회는 회(會)와 조(組)로 나뉜다.

회는 실질적인 중추가 되는 장로와 간부들을 말함이고, 조는 휘하에 점조직으로 활동하면서 조사와 지시에 협력하는 겨레회 일원들을 뜻했다.

그밖에 12년 전까지 단(團)이라 칭했던 곳도 있었다.

단은 국정원처럼 현장에서 일하는 이들이었다.

하지만 국정원 사건 당시 모조리 발각되면서 숙청을 당해버렸다. 겨레회는 그 일로 큰 타격을 입게 되었다.

"감사합니다."

이에 주상원은 나쁘지 않게 통과됐다고 여겼다. 그래서

안도의 한숨을 흘리면서 본청으로 돌아갔다.

서울지방경찰청 인근에 위치한 XX카페.

구석진 자리에서 차준혁이 신지연과 마주 앉아 있었다.

"저번에 제가 했던 말을 생각해보셨어요?"

차준혁은 신지연부터 겨레회의 소굴인 경찰 소속에서 빼
내기 위해 다시 제안했다.

"도대체 어떻게 된 일인지 모르겠어요. 준혁 씨가 어떻
게 모이라이의 대표가 돼요?"

"운이 좋았어요."

정말로 운이 좋다고 할 수 있었다. 회귀 전에 신지연을
만나 그녀가 준 목걸이를 통해서 과거로 돌아왔으니 말이
다.

"저는 아직도 믿기지가 않아요."

"하루아침에 대표가 된 것은 아니에요. 경찰을 그만두고
이것저것 준비할 것이 많았거든요."

"제 말은 그게 아니잖아요."

차준혁은 군인이나 경찰로서도 특출난 실력을 가졌다.
거기다 엄청난 기업까지 운영할 수 있을 정도일 줄은 신지
연도 몰랐다.

"공동투자를 하고 경영을 맡았던 친구가 힘들다고 해서

요. 그리고 제 진짜 목표에 있어서 회사가 필요하다고 했
어요.”

“대체 무슨 목표인데 그래요?”

신지연은 더욱 궁금해진 표정으로 물었다.

“지연 씨를 힘들게 하는 사람들이요. 그 사람들 겨레
회… 맞죠?”

그 말과 함께 신지연의 얼굴은 사색이 되었다.

원래는 모른 척해야 했지만 너무 놀라서 자신도 모르게
입을 열고 말았다.

“어, 어떻게 그걸…….”

갈등과 함께 반드시 숨겨야만 했던 이름이 나오니 놀라
는 것이 당연했다. 그러면서 신지연의 고개가 이리저리 움
직였다.

누군가 듣지 않았는지 걱정하는 것이다.

“다른 사람의 시선은 신경 쓰지 말아요. 그보다 대답해
줘요. 제 곁에 있어줄래요?”

차준혁이 안다는 것은 겨레회에 대한 정보가 밖으로 새
어 나갔다는 것을 의미했다. 그로 인해 신지연은 얼굴이
딱딱하게 굳어진 채로 물었다.

“어떻게 알아낸 거예요?”

“지금은 말해줄 수 없어요.”

“중요한 문제예요!”

“외부로 발설할 일 없으니 걱정 마세요. 그보다 제가 제

안했던 것은 생각해보셨어요?"

어차피 모이라이에서 겨레회의 조사가 진행되고 있지만, 아직까지 정확한 가닥을 잡지 못했다. 그렇기에 신지연의 안전부터 확보하는 것이 중요했다.

"말해줘요. 어떻게 알아냈어요!"

반면 신지연은 겨레회를 걱정하는 것 같았다.

"저랑 같이 있게 되면 자연스럽게 알 거예요."

"그곳에 대해서는 밖으로 새어 나가선 절대 안 돼요."

"혹시 겨레회에서 자신들에 대해 알게 된 외부인을 죽이기라도 합니까?"

"무슨 말을 하는 거예요!"

신지연은 이해하지 못하고서 되물었다.

"12년 전에 국정원에서 벌인 일처럼 말입니다."

구정욱이 말해주었던 국정원 사건을 들먹이자 신지연은 의아한 표정을 짓다가 입을 열었다.

"그 일은 저희가 한 짓이 아니에요. 국정원에서 본원에 잠입 중이던 우리 일원들을 알아내 척살했던 거예요! 그리고 우리는 사람을 죽이지 않아요!"

오해성이 짙었던 질문 탓인지 흥분한 신지연이 비밀로 붙여야 할 일을 내뱉고 말았다.

"그랬군요."

차준혁의 대답에 신지연은 뒤늦게 자신이 실수했음을 알게 되었다.

"아……."

"다른 사람에게 말하지 않을 테니 걱정 마세요. 그리고 조금 걱정되었던 부분은 풀렸네요."

그렇게 대답한 차준혁은 신지연이 겨레회에 대해서 모든 것을 안다고 생각하지는 않았다.

그녀의 감정이 두려움보다 겨레회를 진심으로 걱정하는 것이었기 때문이다. 반응하는 거로 봐서 국정원이나 IIS처럼 전문적으로 훈련받지 않았다는 것도 알게 돼 안도할 수 있었다.

"지연 씨는 어째서 겨레회에 들어간 건가요?"

이제 그녀에 대해서 알았으니 더욱 깊은 곳을 알아내야 했다.

그 물음에 흥분을 가라앉힌 신지연은 땅바닥이 꺼질 듯이 한숨을 내쉬었다. 자신이 어떤 곳에 소속된 것인지 스스로 밝힌 것이나 다름없기 때문이다.

"후우……."

한숨이 계속 이어지자 차준혁은 말을 덧붙였다.

"겨레회가 나쁜 조직이 아니라면 저는 아무것도 안 할 겁니다. 오히려 도와줄 수도 있어요."

"도와…준다고요?"

겨레회란 조직이 신지연을 압박하고 있던 것은 아닌지 걱정되어서였다. 그게 아니라면 차준혁은 진심으로 도와줄 생각도 하고 있었다.

"말해줘요. 지연 씨가 왜 겨레회에 들어간 것인지 말해주면 제가 어떻게 알아낸 것이지도 말해줄게요."

잠시 고민하던 신지연은 힘들게 입술을 떼었다.

"겨레회 이전에 제가 경찰이 된 이유부터 말씀드릴게요. 사실은 고등학교 때 친하게 지내던 친구 때문이었어요."

"친구요?"

차준혁은 살짝 놀라면서 그녀가 계속 이어가길 기다려줬다.

"혜원이라는 친구였어요. 중학교부터 친구였는데, 고 2 때 수학여행을 갔다가 좋지 못한 일을 겪고 말았어요."

"… 혹시 강간인가요?"

여자고등학생이 당할 만한 불미스런 사고라면 종류가 많지 않다.

신지연은 그런 차준혁의 물음에 고개를 천천히 끄덕였다.

"맞아요. 그때 혜원이는 녀석들에게 죽임까지 당하고 말았어요."

회귀 전에도 그녀에게 듣지 못했던 이야기였다.

'혜원? 이상하게 귀에 익은 이름인데.'

차준혁은 그 이름을 듣자 묘한 기분이 들었다. 그러면서 신지연의 설명을 기다려줬다.

"범인은 어떻게 됐죠?"

"용의자는 있었어요. 하지만 증거불충분으로 풀려나

고 말았어요. 저는 그 녀석들을 잡기 위해 경찰이 된 거예요."

차준혁이 경찰이 되려던 이유와 거의 똑같았다.

죄를 지었음에도 처벌은커녕 자신이 가진 돈과 권력의 힘으로 빠져나가는 놈들은 어떤 시대든 있기 때문이다.

"녀석들이라면 범인은 한 명이 아니었나보네요. 그런데. 지연 씨가 그걸 어떻게 알고 있었던 건가요?"

"제가 도망치는 세 남자들을 봤어요. 그들이 용의자였죠. 하지만 경찰들은 믿어주지 않았어요. 아니, 제 목격증언은 친구가 죽어서 잘못된 것일지 모른다면서 묵살시켰어요!"

당시 일을 떠올리던 신지연은 화가 치미면서 테이블 위에 올려놓았던 주먹을 꽉 쥐었다.

"하지만 경찰이 되고서 할 수 있는 일이 많지 않았어요. 너무 안일하게 생각한 거죠."

그녀와 달리 차준혁은 과거에서 돌아왔기 때문에 실력을 컨트롤하여 현장으로 배치받을 수 있었다.

반면에 신지연은 경찰이 되겠다고만 생각했지 실직적인 시스템을 잘 알지 못했다.

거기다 아버지와 친분이 있던 임석주 때문에 현장도 아닌 다른 부서로 발령을 받았기 때문이다.

"혹시 겨레회에서 그 일을 해결해준 겁니까?"

"제가 힘들어하는 것을 보던 석주 아저씨가 손을 내밀어

줬어요."

형사과장 임석주로 그녀의 아버지와 친분이 있으니 편하게 아저씨라 부르는 호칭이었다.

그녀의 설명은 거기서 끝나지 않았다.

"겨레회는 사람을 아무렇지 않게 죽이는 곳이 아니에요. 억울한 사람들의 한을 풀어주는 곳이에요. 저도 그 덕분에 친구를 죽인 두 명은 처벌을 받았으니까요."

"그럼 남은 한 명은요?"

아직 잡지 못했는지 신지연은 더욱 울컥해진 얼굴을 하고 있었다.

"놈이 누군지 알아냈지만 권력을 이용해서 모두 무마시켜버렸어요."

"누구입니까? 그 남자가."

처음부터 차준혁이 그녀의 아픔이 담긴 사건을 알았다면 경찰이었을 때 해결해줬을 것이다.

이제는 사직서를 내고 모이라이의 대표가 되었으니 직접 잡아다 줄 수는 없었다. 그러나 누군지만 안다면 어떤 식이든 도움을 줄 수 있었다.

"박원준이요. 해명그룹의 박원준."

"박…원준이요? 잠깐! 혹시 혜원이란 친구 구혜원이란 친구예요?"

순간 차준혁은 머릿속에서 찜찜하던 퍼즐이 맞춰지기 시작했다.

"예. 구혜원 맞아요. 준혁 씨가 혜원이 성을 어떻게 알아요?"

지금까지 그녀는 혜원이란 이름만 말해줬다. 차준혁이 그 이름을 아는 이유는 따로 있었다.

바로 구정욱의 죽은 외동딸이기 때문이다.

"어떻게 아냐니까요."

"제가 아는 분이 친구 분의 아버님이시니까요."

"정말요?"

그녀에게 숨길 필요까지는 없었다.

동시에 차준혁은 그 사건을 빨리 해결하지 않았다는 죄책감이 들었다.

물론 박원준의 배후에 있는 해명그룹을 쉽게 무너트릴 수는 없다. 거기다 시기상으로 신지연은 겨레회에 이미 들어갔을 것이다.

그저 신지연의 아픔을 조금이나마 해소시켜줄 수 있지 않았을까 하는 후회였다.

"아무튼 말해줘서 고마워요."

"…아니에요. 그보다 겨레회에 대해서 알았으니 이제 어떻게 할 건가요? 그리고 준혁 씨가 숨기는 것은 대체 뭐죠?"

겨레회는 비밀을 엄수해야 했다. 경찰과 검찰 중추에 스며들어 있기 때문에 비밀을 누설하면 더 이상 경찰이나 검찰로 있지 못한다.

그나마 기업인으로 겨레회에 속해 있다면 불이익을 거의 받지 않는다.

반면에 신지연은 경찰이니 그 부분을 감수해야만 한다. 지금도 그걸 각오하고 차준혁에게 모든 것을 설명해주었다. 더 이상 아무것도 숨기고 싶지 않았기 때문이다.

"제 비밀도 경찰이 된 이유입니다."

"그게 뭔데요?"

물론 회귀에 대해서 말해줄 수는 없었다. 솔직히 누구도 믿어주기 힘든 현상이었다. 거기다 미래에 사랑했던 사이라고 한다면 완전 미친 소리일지도 몰랐다.

"지연 씨의 친구가 당했던 일처럼 나쁜 짓을 저지르는 놈들을 모두 잡아넣기 위해서죠. 사실 모이라이도 그 계획의 일부분일 뿐이에요."

"그럼 경찰을 하면서 모이라이를 준혁 씨가 운영했다는 말인가요."

그녀로서는 더욱 놀랄 수밖에 없었다.

"쉿, 비밀이에요."

경찰은 본직 외에 어떤 일로도 수입을 얻어선 안 된다. 물론 차준혁은 투자경영만 도와줬을 뿐이다.

하지만 실질적으로 돈을 따로 받지 않았다고 해도 다른 사람들의 눈에는 절대로 그렇게 보이지 않을 것이다.

이에 신지연의 목소리가 자연스럽게 작아진다.

"경찰이랑 회사가 무슨 상관인데요."

"제 목표는 골드라인이라는 기업이니까요. 그들은 자신들의 재력을 이용해 대한민국을 조종하려는 놈들이에요."

"골드라인이요?"

신지연은 처음 듣는 이름이기에 고개를 갸웃거렸다. 동시에 딱딱했던 분위기가 조금씩 풀리기 시작했다.

"일단은 모른 척해주세요."

"하지만……."

"저에 대해서 보고하는 것이면 상관없어요. 겨레회에 말하셔도 돼요. 대신 지연 씨는 제 곁에 있어주는 겁니다."

"그걸 알면서도 괜찮다는 거예요?"

어차피 신지연은 차준혁에 대한 보고를 상부에 올려야 한다. 차준혁은 자신의 곁에 신지연만 둘 수 있다면 뭐든 보여줄 생각이었다. 그렇기에 상관이 없었다.

이에 신지연도 황당했는지 다시 입을 열었다.

"왜 그렇게까지 하려는 거예요?"

"당신이……."

차준혁은 진지한 표정을 지었다. 신지연은 그의 입에서 무슨 말이 나올지 조마조마했다.

"당신이 내 전부이니까요! 그리고 지금의 나를 있게 해준 사람이니까요!"

신지연이 운명의 목걸이를 주지 않았다면 어땠을까. 지금도 그 목걸이는 차준혁의 목에 걸려 있었다.

그 목걸이 덕분에 차준혁은 과거로 돌아왔고, 수많은 미래들을 바꾸는 중이었다. 끝내는 바라고 바라던 신지연까지 만나 지금처럼 대화도 할 수 있었다.

이에 차준혁의 얼굴은 붉게 물었다. 회귀 전에도 그녀에게 해본 적이 없는 말이었기 때문이다.

하지만 지금은 해야 할 필요가 있었다. 자신의 마음을 드러내지 않고서는 그녀를 곁에 붙잡아 놓을 수 없었다.

"준혁 씨……."

"제 진심입니다. 그만큼 지연 씨를 사랑합니다. 어떤 방식이든 좋으니 제 곁에 있어주세요."

행동과 표정으로 알고 있었지만 이렇게 고백해올 줄은 생각하지 못했다.

신지연은 그런 차준혁의 고백에 잠시 멍해진 표정을 지었다. 그러다 겨레회가 마음에 걸렸다.

"하지만……."

"그래도 걱정이 된다면 제가 겨레회의 수장을 만나보겠습니다. 사람을 해치지 않는 조직이라면 괜찮지 않을까 하는데요."

겨레회가 사회정의 구현을 위한 비밀결사라면 차준혁이 도와줄 수도 있었다.

신지연은 그럼에도 걱정이 되는 눈치였다.

"그래도……."

"아니면 지연 씨가 절 감시하면서 계속 보고를 올리세요. 제게 악의가 없단 걸 그들도 알게 된다면 만나주겠

214

죠."

　신지연을 억지로 옭아매는 조직이 아니라면 당장 무너트
릴 필요까지 없을지도 몰랐다. 물론 그녀가 어딘가에 귀속
되어 있다는 것이 불만이었지만 말이다.

　하지만 신지연은 지금도 걱정하기보다 겨레회를 보호하
고 싶어 했다. 친구의 복수를 도와준 곳이고, 자신도 그들
처럼 많은 사람에게 도움을 주고 싶기 때문이다.

　"일단 그 문제는 상부에 보고해볼게요."

　"아까도 말했지만… 날 계속 감시해도 좋아요. 뭐든 보
고해도 상관없으니 곁에만 있어줘요."

　차준혁은 또다시 진심을 담아 말했다. 아까처럼 민망하
지는 않았다. 오히려 신지연에게 자신의 진짜 마음을 담아
서 말할 수 있어서 기분이 좋았다.

　"이만 일어나야 할 것 같아요."

　신지연은 차준혁의 말을 듣고 얼굴에 홍조가 생겼다. 그
녀도 쑥스러움에 자리를 더 이상 지키지 못했다.

　"차준혁이라면 내 조직을 괴멸시켰던 그놈?"

　천성건설의 박천성 회장은 차준혁에 대해서 방송 중인
TV를 보면서 유남우에게 물었다.

　"맞습니다."

"그런데 어떻게 모이라이의 대표가 돼?"

지금 눈앞에서 방송되는 뉴스를 보고서도 박천성은 이해할 수가 없었다.

"공동투자자였다고 합니다. 이에 상당량의 지분을 보유하여 대표직에 올랐답니다."

유남우가 뉴스에 나온 사실을 다시 설명해주었다.

"그게 말이 되나?"

시샘이 가득한 말투였다.

박천성은 지금의 자리까지 주먹으로 밥 벌어먹으면서 어렵게 올라왔기 때문이다.

그런데 전 대표인 이지후와 갑작스럽게 대표가 된 차준혁은 달랐다. 주식투자로 시작해서 일확천금을 거머쥔 것으로도 모자라 최고의 신생사업이라는 로드페이스의 울린지까지 손에 넣었다.

당연히 세상이 불공평하다고 느낄 수밖에 없었다.

"지금 상태라면 골드라인에서도 차준혁에게 접근할지도 모르겠습니다."

"아마도 그렇겠지. 안달이 나 있을 거야."

울린지 사업을 집어삼키기 위해 골드라인이 얼마나 분주하게 움직였던가. 거기다 명천그룹까지 무너트리기 위해서 천성파의 힘까지 빌려줬다.

하지만 로드페이스를 비롯해 모이라이의 빈틈마저 발견하지 못하고, 명천그룹까지 협력하여 기존의 기세를 찾아갔다. 결국 모든 계획이 실패로 끝난 것이다.

"어쩌시려는 겁니까?"

박천성의 말끝이 서늘하게 흐려진 탓인지 유남우는 걱정이 되었다.

"우리 병준이 발목을 평생 못 쓰게 만든 놈이기도 하니 내가 좀 한 번 봐야겠다."

김병준은 신지연의 집에서 차준혁에게 발목뼈가 산산조각 난 조직원이다. 물론 박천성이 그런 조직원까지 챙길 리가 없었다. 그저 차준혁을 데려올 사소한 명분이 필요했을 뿐이었다.

"남은 애들을 풀어보겠습니다."

"아, 나름 대표이니 정중히 모셔오도록 해. 얌전히 따라오지 않는다면 적당히 설득시켜드리고 말이야."

"그러죠."

유남우는 박천성이 적당한 선을 지킬 수 있도록 말려주는 이성의 끝과 같았다. 그런데 평소라면 말렸어야 할 그가 오히려 앞으로 나섰다.

유남우도 심기가 불편했다. 차준혁으로 인해 천성파를 버리게 되면서 김항수와 더불어 자신의 의붓동생인 유선호까지 교도소에 들어갔기 때문이다. 이에 박천성은 자신의 조직을 괴멸시켰던 차준혁의 성공에 이를 갈아댔다.

신지연과 만났던 차준혁은 모이라이로 돌아와 자신의 사무실이 있는 층에 내렸다. 엘리베이터 문이 열리자 앞에서 기다리고 있던 이지후가 따지듯이 물었다.

"야! 혼자서 어딜 다녀오는 거야?"

"지연 씨를 만나고 왔어."

"네가 예전에 찾던 그 여자? 사귀기로 한 거야?"

차준혁은 쓸데없이 말해봤자 놀림감이 될 거라고 생각했다. 그래서 따로 대답하지 않고 다른 말부터 꺼냈다.

"그보다 무슨 일 때문에 기다린 거야?"

"뭐야? 무시하는 거냐?"

"쓸데없는 질문은 사절."

투덜거리는 이지후의 행동에 차준혁은 걸음을 멈추지 않고서 사무실로 향했다.

"겨레회에서 주고받았던 암호코드 분석이랑 CCTV자료 모두 모아 놨다."

그 대답과 함께 차준혁의 걸음이 멈췄다.

지시를 내린지 약 5일째였다. 그동안 정보팀은 사무실에서 밤을 새면서 모든 자료를 수집하여 분석했다.

"바로 가보자."

이에 차준혁은 사무실로 들어가려던 발걸음을 옮겨 이지후와 같이 엘리베이터에 올라탔다.

엘리베이터는 지하 3층으로 내려갔다.

정보팀은 대외적으로 비밀리에 운영되는 부서였다.

실제로 엘리베이터에는 지하 2층까지 밖에 표기되어 있지 않았다. 그런 지하 3층으로 내려가려면 보안카드가 필요하도록 만들었다.

띵—!

엘리베이터가 출입카드를 인식했다. 정보팀에 도착한 차준혁은 수십 대의 모니터가 마련된 중앙관리실로 들어섰다.

"CCTV에서 의심되는 사람이 있었어?"

"아니, 철저한 놈들인가 봐. 메일에서 찾아낸 시각에 인근 CCTV가 모조리 꺼져 있었어. 그리고 시기가 상당히 지나서 폐기된 것도 상당하고 말이야."

위장을 했다면 모를까. CCTV까지 미리 조작해 놓을 정도라면 겨레회의 철두철미함이 어느 정도인지 알 수 있었다.

"메일을 받은 대상자는?"

"여기 있다."

이지후는 관리실 가운데에 놓인 테이블 앞으로 다가가 수북하게 쌓인 서류들을 툭툭 쳤다.

"이정수 치안감과 임석주 형사과장. 두 사람하고 접점이 있는 관계는 어때?"

"그것도 다 조사해 놨다. 하지만 이 녀석들도 머리를 쓰는지 우회메일이 많아. 공문으로 발송된 메일도 코드가 있는 걸 봐선 절대로 한두 명은 아닐 거야."

긴 한숨을 소리와 함께 이지후가 질린다는 표정을 지었다. 3일 밤을 지새워 찾아냈음에도 답이 보이지 않기 때문이다.

"처음부터 만만치 않다는 건 예상했어. 다들 수고했으니까. 나머지는 내가 확인할게. 오늘은 다들 들어가서 쉬라고 해."

"정말? 아싸! 근데 정말 괜찮겠냐?"

"상관없어. 차라리 혼자서 보는 것이 편해."

이지후는 그 대답과 함께 20명도 넘는 정보팀 직원들에게 외쳤다.

"대표가 쉬라신다! 모두 들어가 쉬어라!"

다들 기다렸던 말인지 가운데 서 있는 차준혁에게 한 번씩 고개를 숙이면서 썰물처럼 후다닥 빠져나갔다.

주변이 조용해지자 차준혁은 살기부터 강렬하게 퍼트리면서 초감각을 끌어올렸다. 수북이 쌓인 서류들을 빨리 훑어보기 위함이었다. 그 뒤로 컴퓨터를 조작해 벽을 가득 채운 모니터들도 연결시켰다.

'CCTV의 유무를 확인했다면 미리 장소로 찾아와서 조사해봤겠지.'

아무것도 찍히지 않도록 주의했다면 그만큼의 준비가 필요한 것이 당연한 과정이다.

"역시……."

해당 장소를 암호로 만든 메일이 발송되기 3일 전 CCTV
에서 수상한 사람들이 보였다.

인상착의나 생김새가 수상한 것은 아니었다.

2~3명 정도의 제복경찰들이 순찰하듯이 걸어 다니다가
CCTV로 시선을 주는 것이다. 다른 시기의 CCTV도 마찬
가지였다. 차준혁은 겨레회가 다른 곳이라면 몰라도 일단
경찰과 깊숙하게 연관된 것을 알 수 있었다.

"인근 지구대의 경찰인가?"

흔적을 찾았으니 역으로 추적하면 어렵지 않았다.

그렇게 수많은 서류와 CCTV를 확인하던 차준혁은 정신
이 없었다. 한참 동안 주변만 왔다 갔다 하면서 서류를 보
다가 문득 시계를 보게 되었다.

차준혁은 살짝 놀란 표정을 지었다.

"벌써 이렇게 됐나?"

점심이 조금 지난 시각에 들어왔는데 어느새 몇 시간이
훌쩍 지나가 오후 8시가 되어가고 있었다.

"다들 퇴근했을 시간이군."

모이라이 투자회사는 절대로 야근과 연장을 시키지 않는
다. 주식투자부서야 국내 위주로만 돌아가니 주식시장이
끝난 시각 외에는 절대로 업무가 넘어가지 않도록 만들었
다.

물론 회계, 인사, 관리와 같은 다른 부서도 같은 식으로
운영되었다.

이에 차준혁은 옆에 벗어놨던 재킷을 챙겨들고서 엘리베이터에 올라탔다. 차를 세워둔 지하 1층에 도착해 주차장으로 나섰다.

저벅저벅.

순찰을 돌고 있던 건물경비원이 차준혁을 발견했다.

"대표님?!"

"수고가 많으십니다."

"아직 퇴근 안 하셨던 겁니까?"

차준혁은 대표가 바뀌면서 유명해질 수밖에 없었다. 그러니 나이가 든 경비원도 어렵지 않게 알아볼 수 있었다.

"일을 이제야 끝내서 들어가려고 합니다."

"운전기사는 없으십니까?"

경비원은 건물지하입구 앞으로 차가 서 있지 않은 것을 보고서 물었다.

"저도 운전을 할 수 있는 걸요. 이만 실례하겠습니다."

보통 기업의 대표라면 무조건 운전기사가 딸려 있어야 체면이 산다. 차준혁은 옷차림이나 행동이 다른 기업인들과 다르기에 경비원은 신기하게 본 것이다.

그 이미지는 차준혁을 소박하게 포장해줬다.

인사를 마친 차준혁은 자신의 차로 다가가 올라탔다. 그리고 곧장 시동을 걸어 건물을 나섰다.

아직 이사할 집을 정하지 못해 인천으로 가야 했다.

도로를 달리던 차준혁은 인천행 고속도로를 타기 위해서

방향을 잡았다. 그런데 근처로 수상한 검은 승용차들이 다가서기 시작했다.

"…뭐지?"

4대의 검은 승용차는 차준혁의 차를 감싸듯이 달리면서 방향을 유도했다.

"혹시 겨레회?"

사방을 둘러싸니 함부로 방향을 바꾸기도 힘들었다. 차준혁이라면 IIS에서 배운 운전기술로 빠져나갈 수도 있지만 그러지 않았다.

"낮에 겨레회를 들먹여서 찾아온 건가?"

신지연에게 말했던 것을 그들이 알았다면 지금처럼 접촉해올지도 몰랐기 때문이다.

"만약 겨레회라면 차라리 잘 된 일이겠지."

그들의 몰이대로 운전하던 차준혁은 백미러를 통해 뒷좌석을 힐끗 쳐다봤다.

뒷좌석에는 울린지를 2배로 압축해서 만든 남청색의 재킷과 바지, 장갑이 걸려 있었다. 신지연의 설명으로 겨레회를 조금은 믿게 됐지만, 혹시나 무력을 사용한다면 언제든지 방비할 수 있었다.

부르르릉!

차준혁의 차를 그대로 몰아가듯이 도로를 타고 경기도 외곽의 폐공장 단지로 들어섰다. 그러다 캄캄한 폐공장 단

지의 공터로 차가 세워지더니 검은 정장차림의 사내들이
내렸다.

　그뿐만이 아니었다. 주변으로 조명이 켜지고 어둠 속에
서 자리 잡고 있던 수십 명의 사내들이 모습을 드러냈다.

"겨레회가 아닌 건가?"

　사내들의 덩치나 생김새가 비밀결사라기보다는 조직폭
력배에 가까웠다. 아직 차에서 내리지 않은 차준혁은 뒷좌
석에 놓아두었던 재킷으로 겉옷을 갈아입었다. 와이셔츠
차림에 캐주얼한 재킷이 어울리지 않지만 패션에 신경 쓸
때가 아니었다.

　퉁퉁―!

　한 사내가 차준혁의 운전석 창문을 두드렸다.

"성미도 급한 녀석들이군."

　이에 차준혁은 차키를 꽂아둔 채로 밖으로 나섰다. 동시
에 사내들은 차준혁이 도망치지 못하도록 주변을 빼곡하
게 둘러쌌다.

"너희들 정체가 뭐냐?"

"역시 콩고의 폭탄테러를 해결할 정도의 담력인가?"

　한쪽의 사내들이 갈라지더니 사내 하나가 휠체어를 타고
등장했다. 그는 바로 차준혁에게 두 발목이 아작 났던 천
성파 행동대장 김병준이었다.

"뭐야… 네 녀석이었냐?"

　얼굴을 기억해낸 차준혁은 재킷과 마찬가지로 울린지로

만든 장갑을 끼면서 비아냥거렸다.

"그 기고만장함이 어디까지 가나보자."

더 이상의 대화는 필요 없었다. 어차피 김병준이 차준혁을 데려온 이유라면 복수가 유일했기 때문이다. 김병준의 부하들은 그의 대답과 동시에 달려들었다. 각자 쇠파이프나 각목, 사시미 칼과 같은 연장을 들고 있었다.

훅―! 훅!

그 순간 차준혁은 살기를 힘껏 터트렸다. 초감각이 깨어나면서 자신을 향해 휘둘린 연장들이 느리게 보이기 시작했다. 결국 연장들이 허공을 가름과 함께 근접해 있던 사내들의 입에서 비명소리가 터져 나왔다.

"아아악―!"

"아악! 내, 내 다리가―!"

태중의 호흡으로 무게중심을 늘린 후에 무릎을 후려 찼기 때문이다. 그렇게 싸움의 시작을 알리는 듯이 울린 비명과 함께 차준혁의 광적인 몸놀림이 이어졌다. 아무리 사내들의 수가 많아봤자 게릴라전의 전문가이자 초감각까지 가진 차준혁을 잡기란 힘들었다. 쇄골, 무릎, 발목 등등 이리저리 빠져나가면서도 일격에 한 사람씩 급소만 공격하여 무자비하게 쓰러트렸기 때문이다.

훈련을 따로 받은 요원이라면 모를까. 한 번 쓰러진 사내들은 아무리 깡다구가 좋아도 다시 일어나기 힘들었다.

그만큼 고통스러운 곳만 골라서 차준혁의 팔과 다리가

움직여 공격을 가했다.

"후우… 후우……."

거칠게 움직인 탓에 차준혁은 잠시 숨을 골랐다.

주변으로 쓰러진 사내들이 신음을 흘리는 모습으로 인해 다른 사내들이 쉽사리 덤비지 못했다.

"뭐야? 안 오는 거야?"

살기등등한 차준혁의 얼굴은 흡사 악마와도 같았다. 한때 신지연을 인질로 잡았던 김병준이 눈앞에 있었다.

"그렇다면 내가 가지."

이번 선공은 차준혁이었다.

주먹과 무릎이 궤적으로 이어지면서 사내들을 덮쳤다. 물론 실용적인 움직임을 위해 태무도의 격타와 용절, 전추를 섞어가면서 싸웠다.

전문적으로 사람의 인체를 파괴하는 기술이었다.

사내들은 싸우길 거부하듯이 뒤로 주춤거리다가 급소를 맞고서 쓰러져 갔다. 그렇게 30명은 족히 되던 사내들을 모조리 쓰러트리는 데 채 20분도 걸리지 않았다.

이제 남은 것은 휠체어에 앉은 김병준과 그 옆에 선 사내 두 명이 전부였다. 차준혁은 살기를 잔뜩 내뿜으면서 사내들에게 다가갔다.

"너희들은 덤비지 않을 거야?"

그들은 방금 전까지 본 것을 믿고 싶지 않은 눈빛이었다. 어떻게 사람이 단신으로 이렇게 싸울 수 있을까.

아무리 실력이 좋아도 다구리에는 장사가 없다고 했다. 차준혁의 실력은 그런 말조차 깡그리 무시해린 것이다.

"죽어—!"

그 순간 쇄골이 부러진 통증을 참아낸 사내 하나가 칼을 앞으로 내민 채 달려들었다.

푹!

칼은 그대로 차준혁의 옆구리에 파묻혔다.

"크하하하! 이 개자식아! 끝까지 방심하지 말았어야지!"

김병준은 휠체어에 앉은 상태로 미친 듯이 웃어댔다.

마침내 자신의 발목을 병신으로 만든 차준혁을 죽일 수 있다고 여겼다. 하지만 차준혁은 잠시 사그라졌던 살기를 다시 일으키면서 고개를 돌려 쳐다봤다.

"다 한 거냐?"

"뭐, 뭐야!"

여전히 칼을 쥐고 서 있던 사내는 차준혁이 멀쩡한 것을 보고 뒤로 급히 물러났다.

딸그랑—!

동시에 차준혁에게 꽂힌 줄 알았던 칼이 땅으로 떨어졌다. 울린지로 만든 재킷에 막혀서 뚫리지 않은 것이다.

"쇄골로는 약했나보네."

빠악! 콰지직—!

차준혁은 그의 옆구리로 주먹을 쑤셔 넣었다. 갈비뼈 2~3개가 부러지는 소리가 섬뜩하게 들려왔다.

"커억… 킥! 킥!"

"크게 숨 쉬면 부러진 갈비뼈가 폐를 찌를 거다."

그 직전까지만 갈비뼈가 부러지도록 만들었다.

무술의 달인이라도 불가능한 기술이지만, 초감각으로 모든 오감이 예민해진 차준혁에게는 가능했다.

"다시 대화를 좀 나눠볼까?"

김병준은 차준혁이 자신을 향해 고개 돌리자 흠칫 놀라더니 두려운 표정으로 쳐다봤다.

"다리병신이 돼서 교도소가 아니라 병원으로 갔다더니 도망쳐 나온 건가?"

지난번 신지연의 집에서 벌어진 사건으로 대부분의 조직원들이 실형을 선고받았다. 반면에 김병준은 경찰의 과잉진압을 인정받아 집행유예로 빠져나갔다. 치료와 회복을 위해 병원에 입원되어 있었다.

거기까지는 차준혁도 알고 있었다. 하지만 지금처럼 자신을 노리고 있을 줄은 생각도 하지 못했다.

"……."

그 물음에 김병준은 아무런 대답도 하지 못하고 떨기 시작했다. 옆에 서 있던 사내들도 마찬가지였다. 손에 칼과 쇠파이프를 쥐고서도 움직일 수 없었다.

"내가 분명히 다시 눈에 띄었다간 발목으로 끝나지 않을 거라고 말했을 텐데."

"사, 살려…주, 주세요."

싸움이 시작되기 전까지 김병준은 지금과 같은 상황을 전혀 예상하지 못했다. 지금은 오직 살려달라고 애원할 수밖에 없었다. 다른 사내들도 김병준의 행동에 들고 있던 연장을 떨어트리고 무릎을 꿇었다.

"살려는 주지. 하지만 지금 내 기분으로는 곱게는 못 보내주겠다."

검은 차량을 보고서 겨레회일지도 모르는 기대감이 들었다. 그러나 어이없게도 자신을 향한 복수로 이를 갈아대던 김병준이었으니 더욱 분노가 솟구쳤다.

빠직─!

이내 차준혁은 양쪽에 선 사내들의 팔목을 하나씩 잡고서 역으로 꺾어버렸다.

"아아아악!"

두 사내는 그렇게 자신들의 팔목을 붙잡고 땅바닥을 이리저리 뒹굴었다.

"이 정도면 다시는 연장을 쥐지 못하겠지."

김병준을 향해 차준혁의 시선이 돌아갔다.

"허억─!"

"휠체어를 끌 만하니 이런 짓도 하겠지."

다른 사내들과 마찬가지로 김병준의 손목도 반대 방향으로 돌아갔다.

"크아아악─!"

폐공장 단지는 그렇게 수많은 사내들의 비명과 신음소리

로 가득 채워졌다. 그러던 중 멀리서 5대의 차량이 헤드라이트를 비추면서 가까워져 왔다. 이내 차준혁이 있던 곳에 도착하더니 20명 정도의 사내들이 차에서 내려 달려왔다. 제일 먼저 달려온 사내들은 모이라이의 보안팀인 정진우, 이원호, 박한성이었다.

"대표님!"

보안팀장 정진우이었다. 이에 차준혁은 그를 확인하고 살기부터 가라앉혔다.

"정진우 팀장님이셨군요."

"괜찮으신 겁니까?"

"전 멀쩡합니다. 그보다 여긴 어떻게 아셨습니까?"

차를 유도 당했을 때에 따로 연락하지도 않았다.

김병준의 부하들이 몰던 차량 외에 따로 미행하는 차도 없으니 이상할 수밖에 없었다.

"대표님이 취임하시고 이지후 전 대표님께서 GPS를 차에 설치해두라고 하셨습니다. 아까 전에 대표님의 차량이 수상한 차량과 같이 움직인다고 하셔서 곧바로 추적해 온 겁니다."

"거참… 쓸데없이 주도면밀한 녀석이네요."

집에 들어가서 자는 줄 알았던 이지후가 임원들의 GPS를 살피다가 알아냈다는 것이다. 차준혁의 차가 엉뚱한 방향으로 빠지자 도로공단의 CCTV를 해킹해 이상함을 눈치챈 것이다.

그 뒤로는 지금과 같았다.

"대표님. 그보다 이 사람들은……?"

정진우와 더불어 다른 보안팀원들이 바닥에 쓰러진 사내들을 쳐다봤다.

"천성파의 잔당들입니다. 예전 사건 때문에 복수하려고 절 유인했더군요."

"그럼 혼자서 이들을 전부 쓰러트리신 겁니까?"

정확히 33명. 아무리 노련한 격투기술을 가진 프로라도 불가능한 숫자였다. 전직 국정원 현장요원으로 전문격투기술을 배운 그들이라도 말이다.

"군대에서 배운 실력을 이렇게 써먹네요. 일단 골치가 아프시겠지만 수습을 부탁드리겠습니다."

"아, 알겠습니다."

"그리고 지후한테는 제 알리바이 좀 만들어 놔달라고 하세요."

차준혁은 이제 경찰이 아닌 일반인이다. 싸움을 벌인 것으로도 모자라 30명도 넘는 사내들을 때려눕혔으니 고소를 당한다면 형사처분을 받을지도 몰랐다.

"걱정 마십시오."

차준혁은 그의 대답으로 살짝 고개를 숙인 후에 차에 올라탔다. 그사이 보안팀원들은 차준혁이 만든 광경을 수습했다.

경찰청장 주상원은 자신의 사무실로 휘하 조원들을 급히 불러들였다. 이정수, 임석주, 신지연이었다.

잠시 후, 밖에 나갔다 온 주상원이 그들의 맞은편으로 자리를 잡고 앉았다. 한 자리에 모인 이들을 보다가 무거운 표정으로 신지연에게 물었다.

"정말 차준혁이 우리에 대해서 알아냈다는 말인가?"

신지연을 통해서 보고를 들은 주상원. 이에 미처 보고를 받지 못했던 이정수나 임석주의 얼굴이 딱딱하게 굳어졌다.

"우리에 대해서 어떻게 알아냈다는 말인가?"

다들 긴장할 수밖에 없었다.

하지만 신지연의 표정만 조금은 편안했다.

차준혁에게 들킨 것이지만 여러 가지를 털어놓으면서 마음의 부담감을 덜어낼 수 있었기 때문이다.

"그건 저도 모르겠어요. 물론 차준혁에게 물어봤지만 대답해주지 않았어요."

"혹시 예전과 같이 연락방식이 들킨 것인가?"

이정수의 침음이 흐르자 옆에 있던 주상원도 심각한 얼굴로 입을 열었다.

"12년 전에 벌어진 국정원 사건 때부터 우리의 연락체계는 완전히 달라졌어."

두 사람 모두 난감해하면서 중얼거렸다. 당시는 핸드폰조차 없던 시기다. 그래서 겨레회는 모스부호를 변형한 방식을 사용했다. 하필이면 그 방식이 국정원에 들어가는 바람에 잠입 중이던 많은 겨레회의 일원들이 숙청당했다.

그때의 일로 겨레회는 더욱 깊은 곳으로 숨어들었다가 6년 전부터 활동을 재개했다.

주상원은 그때의 일을 떠올리면서 또다시 같은 일이 되풀이되지 않을까하면서 식은땀까지 흘렸다.

"그래서 말인데… 제가 차준혁을 계속 감시하고 싶습니다."

"자네가? 하지만 차준혁이 우리에 대해서 알아냈다고 하지 않았나."

신지연의 말을 듣자 모두 이해되지 않는 표정으로 쳐다봤다.

"일단 차준혁은 우리에게 적개심을 가지지는 않았어요. 오히려 우리와 같은 길을 가는 사람일지도 몰라요."

"설마 자네가 우리에 대해서 말해준 것인가?"

주상원은 신지연을 의심하면서 물었다. 연락 방식이 들통 나지 않았다면 누군가 말해준 것이라 생각할 수밖에 없다. 만약 그런 것이라면 신지연은 겨레회와 경찰에서 퇴출당하게 된다. 그리고 다시는 공무원이 될 수 없었다.

신지연도 그걸 알기에 모든 것을 사실대로 말하지 않았다.

"그건 아니에요. 차준혁은 우리가 속한 겨레회와 더불어 국정원 사건까지 알고 있었어요."

지금은 사라져버린 겨레단이 모조리 숙청당했던 국정원 사건. 겨레회의 입장에서는 당연히 뼈아픈 기억이었다.

그리고 겨레회 일원들에게는 커다란 경각심을 가지게 해주었다. 그때부터 일원이 되는 절차를 밟을 때마다 내부에서 당시의 일을 설명해준다. 그 때문에 신지연은 사건 당시에 일원이 아니었음에도 알고 있었던 것이다.

"도대체 우리에 대해서 어떻게 알아낸 거지? 아무튼 이 일을 장로들께 보고해야겠어."

지금처럼 모인 이유는 상황을 정확하게 가늠해보기 위해서였다. 그런데 과거에 잊혀져버린 사건까지 차준혁이 알

정도라면 겨레회로서는 절대로 가벼운 일이 아니었다.

자칫하면 사회적으로 문제가 만들어질 수도 있기 때문에 다시 깊은 곳으로 가라앉을지도 몰랐다.

"잠깐만요."

신지연은 일어나려던 주상원을 급히 붙잡았다.

"왜 그러는가?"

"장로들께 보고가 올라가면 어떻게 되는 거죠?"

다른 세 사람과 다르게 신지연은 겨레회에 들어온 지 오래되지 않았다. 그러니 지금과 같은 상황에서 어떻게 일이 진행되는지 몰랐다.

"일단은 보고를 전해봐야 알 수 있는 일이겠지."

주상원도 가늠이 되지 않는 표정이었다. 국정원 사건 당시만 해도 일이 터지고 나서야 급하게 수습을 했다.

이처럼 미리 알고 대처하게 된 경우가 없었다. 그 때문에 장로들이 어떤 결정을 내릴지는 알지 못했다.

"그렇다면 제가 차준혁을 감시하고 보고하겠다고 말해주세요."

신지연은 자신에게 힘이 되어준 겨레회가 다시 숨게 되는 것을 바라지 않았다. 차준혁의 말처럼 도움이 되어준다면 더욱 좋을 것이라고 기대했다.

그렇게 되기 위해서는 장로들이 차준혁에 대해서 제대로 알아야만 한다.

"자네가 차준혁에 대해 보고를 올리겠다는 말인가?"

"제가 할게요. 꼭 하고 싶어요."

사실 신지연도 차준혁과 같이 있고 싶었다.

하지만 겨레회가 걱정되어 갈등을 하게 되었고, 차준혁을 믿어보기로 결심했다.

"일단 지금 보고가 들어가게 된다면 장로들이 심어놓겠다던 일원은 취소가 되긴 할 텐데."

장로들도 바보가 아닌 이상 자신들에 대해 알고 있는 차준혁에게 일원을 붙여놓을 수는 없다.

고양이에게 생선을 던져주게 되는 꼴이었다. 자칫하면 국정원 사건을 재연하게 될 수도 있었다.

"자신 있는가?"

"예."

이정수의 물음에 신지연은 흔들리던 동공이 굳게 멈추고 대답했다. 이에 임석주의 얼굴이 걱정스러워졌다. 그 탓에 공적인 자리에서는 존칭을 썼던 버릇마저 까먹고 신지연의 이름을 불렀다.

"지연아. 대체 어쩌려고 그러냐."

"저는 괜찮아요. 절대로 실망시켜드리지 않을게요."

아직 차준혁에 대해서 자세한 설명은 없었다. 이 자리에서 그를 제일 잘 아는 사람은 신지연이다. 그녀는 차준혁이 말했던 것을 되새기면서 마음먹었다.

천성파의 잔당들을 해치운 다음 날.

차준혁은 아침부터 출근하지 않고 서울중앙검찰청을 방문했다. 그곳에서 만난 사람은 강력 3팀의 사건들을 맡았던 유태진 검사였다. 유태진 검사는 갑작스럽게 자신을 만나러 온 차준혁을 보며 의아해 했다. 이미 사무관들은 모두 내보냈기에 둘이서만 앉아 있었다.

"저는… 무슨 일로?"

얼마 전까지 차준혁은 그의 휘하나 다름없었는데 이제는 한 기업의 대표가 되어서 나타나니 어리둥절했다.

"쓸 만한 사건 좀 드리려고요."

"사건 말입니까?"

"천성건설. 요즘 거길 파고 계시죠?"

유태진은 폭력조직이라면 치를 떨었다. 천성파를 모체로 두고 건설기업까지 차린 천성건설을 곱게 볼 리가 없다. 당연히 오래전부터 박천성을 잡아넣기 위해 수사를 하고 있었다. 그러나 증거가 많지 않다보니 난항이 많았다. 이 사실은 상부에서도 모르고 있었다.

"어떻게 그걸……?"

"얼마 전까지 형사였지 않습니까. 여차저차 들리는 소문으로 알 수 있죠."

사실 소문이 아니라 정보팀을 동원해서 알아낸 것지만 검찰청을 조사했다는 것이 알려지면 안 되기에 비밀로 했다.

"그렇다면 저에게 천성건설이 부정을 저질렀다는 증거라도 주시겠다는 말입니까?"

그 말에 차준혁은 고개를 저었다.

어차피 증거가 있어도 박천성은 골드라인의 보호를 받는다. 거기다 부정에 대한 증거도 거의 사라져 넘겨줄 것이 없었다.

"박천성 회장이 천성건설을 세우기 전에 했던 살인교사 증거는 어떻습니까? 그리고 이번에 벌어진 무역회사 중역 납치사건은요."

그 말과 함께 유태진 검사는 깜짝 놀랐다.

"무역회사 중역이라면 SID인터내셔널의 신수동 전무 납치폭행사건 말입니까?"

스윽─.

차준혁은 품속에서 녹음기와 편지봉투를 꺼내 테이블 위로 내밀었다.

"이게 증거입니다."

"확인해 봐도 될까요?"

편지봉투 안에는 두툼하게 접힌 서류가 들어 있었다.

그걸 본 유태진의 눈이 크게 뜨였다.

"이, 이걸 어떻게 입수한 겁니까?"

"그거라면 충분히 집어넣을 수 있을 겁니다."

유태진은 녹음기의 내용까지 확인하다가 찜찜한 표정으

로 입을 열었다.

"확실히 잡아넣을 수 있겠지만 결국은 뒤에서 손을 쓸지도 모릅니다."

일반적인 범죄자라면 모를까. 박천성은 천성건설의 회장이면서 정치계에도 영향력이 있었다. 기소해 교도소 집어넣어도 여러 방면으로 힘을 써서 빠져나올 것이다.

"그건 걱정은 하지 않으셔도 됩니다. 아, 이것도 있는데 깜박할 뻔했네요."

다른 봉투가 꺼내졌다. 유태진은 기대하며 확인해봤다.

아까보다 더한 표정이 그의 얼굴에 보였다.

"허어……."

아무런 대답도 못 하는 유태진의 반응에 차준혁은 미소를 지으면서 다리를 꼬았다.

"절대로 못 빠져나갈 겁니다."

"김병준이 뭐가 어떻게 돼?"

차준혁을 데려오라 시켰던 박천성은 유남우를 통해 어이없는 소식을 들었다.

"어젯밤에 병준이가 애들 30명 정도를 데리고 가서 차준혁 대표에게 보복을 하려고 했습니다."

"그건 그렇다 치자. 반병신이 돼? 싸운 놈들이 대체 몇

명이었는데?"

"한 명이었다고 합니다. 거기다 애들 전부 경찰서가 아니라 병원으로 실려 갔습니다."

박천성은 어이가 없을 수밖에 없었다.

한둘도 아니고 무려 30명도 넘는 인원이 한 사람에게 맞아 병원에 실려 갔으니 당연했다.

"뭐야? 한 명?"

더욱 어이가 없어진 박천성은 탄식을 흘렸다. 보고한 유남우도 마찬가지였다.

처음 들었을 때는 '차준혁 쪽에서 무슨 준비를 했겠지' 생각했다. 뒤늦게 변명이라고 듣고자 병원에 실려 간 이들을 통해 확인하고 믿을 수밖에 없었다.

"차준혁 대표가 혼자서 상대했다고 합니다."

"그 자식은 도대체 뭐야? 전직 특수부대 출신이라서 그런가?"

"병준이가 끌고 나간 애들도 만만치 않은 녀석들입니다. 그리고 아무리 특수부대 출신이라도 30명은 도가 지나칩니다."

사뭇 건달들이 17대 1이다, 10대 1로 붙어서 이겼다고 떠들고 다니긴 하지만 물론 모두 거짓말이다.

어느 누가 떼로 몰려드는 사람들과 홀로 싸울 수 있을까. 당연히 말도 되지 않았다.

"그럼 차준혁은? 혼자서 애들을 상대했다면 그 녀석도

병원에 있는 건가?"

"…멀쩡하다고 합니다."

"허~! 미치고 팔짝뛰겠군!"

그가 놀랄 일은 거기서 끝나지 않았다.

똑똑!

사무실 문이 두드려지더니 여비서가 얼굴을 내밀었다.

"무슨 일이야?"

"손님 분께서 찾아오셨습니다."

오늘 그에게 약속은 없다. 그런데 손님이라니. 박천성의 고개가 갸웃거렸다.

"예정이 있던가?"

혹시나 하는 생각에 유남우를 보며 물었다.

"없습니다. 누구라고 하셨나?"

유남우는 단호하게 대답하고 여비서에게 물었다.

"그게… 모이라이 투자회사의 차준혁 대표님이시라고… 하셨습니다."

조심스러운 여비서의 대답과 함께 두 사람을 얼굴이 굳어졌다.

"뭐? 차준혁이?"

"정말인가?"

서로의 얼굴을 쳐다본 박천성과 유남우는 그가 직접 찾아온 상황을 보고 의아했다.

"어떻게… 할까요?"

"들어오라고 해!"

그가 결정을 내리자 여비서는 문을 열고 차준혁을 들여보내줬다.

차준혁은 정장차림으로 박천성의 사무실로 들어와서는 인사도 없이 그를 쳐다봤다.

"이렇게 쉽게 만나줄 지는 몰랐는데 말이야."

다짜고짜 찾아온 데다가, 어젯밤 그의 부하들을 묵사발 내놨으니 힘들지도 모른다고 생각했다. 그 중얼거림에 박천성의 미간이 씰룩였다. 마음에 들지 않는다는 반응이었다.

"유명하신 분이 직접 찾아오셨으니 뵙는 것이 인지상정이겠지. 그보다 우리가 서로 본 적이 있던가?"

서로 이름만 알 뿐이지 제대로 본 적은 없었다.

"없지."

"그런데 왜 말이 반 토막이지?"

나이로만 봐도 박천성이 차준혁보다 배는 많았다.

박천성은 자신보다 어린 사람에게 반말을 듣고 기분이 불쾌해졌다.

"내가 경찰 출신이라 더러운 조폭 놈들을 보면 혀가 짧아져서 말이야."

심기를 건드리고도 남았지만 이를 악물고 참았다.

"난 조폭이 아니라 사업가라네."

"웃기는 소리하네."

괜히 사무실 안을 어슬렁거리던 차준혁은 그렇게 말하고 맞은편 소파에 앉았다.

"……!"

박천성이 발끈하려던 찰나 유남우가 나섰다.

"갑자기 찾아오신 분께서 도가 지나치시군요."

나름 차준혁도 회사대표이기 때문에 유남우는 예의를 갖췄다. 하지만 차준혁은 곱게 받아주지 않았다.

"왕년 천성파 넘버 2가 성질이 많이 죽었나보네."

유남우도 살짝 발끈했음에도 꾹 참았다.

"그보다 무슨 일로 찾아온 거지?"

"뭐 좀 알려주려고."

차준혁이 다리를 건방지게 꼬았다.

"훗, 애송이 녀석이 기업의 대표가 되었다고 기고만장하는군."

"과연 그럴까? 다름이 아니라 천성건설의 주주총회를 소집했으면 하고 말이야."

아무것도 모르는 애송이가 쉽게 내뱉을 말은 아니었다. 그 말과 함께 박천성의 표정이 굳어졌다.

"네 녀석이 주주총회가 뭔지는 알고서 지껄이는 것인가?"

"당연히 알지. 내게는 자격도 있는걸. 여기 주식의 51.4%를 위임받았으니까 말이야."

차준혁은 테이블 위로 주식위임장을 내밀었다.

"뭐—!"

심하게 놀란 박천성이 주식위임장을 확인했다. 정말로 천성건설의 주식 51% 이상을 차준혁에게 위임한다는 내용이 기재되어 있었다.

"어, 어떻게……."

"회사를 이딴 식으로 굴려댔으니 주주들이 회장을 믿을 수 있겠나. 아무튼 주주총회를 열어서 대표이사 해임 안건을 낼 테니 그렇게 알라고."

차준혁은 그렇게 말하고 벌떡 일어났다.

그와 동시에 박천성은 쥐고 있던 위임장을 구겨버렸다.

"아, 그건 가져도 돼. 어차피 사본이거든."

그 말과 함께 차준혁은 그의 사무실을 나섰다.

잠시 동안 침묵이 돌았다. 유남우도 차준혁의 말이 믿기지 않는 듯이 그가 쥔 위임장을 살펴봤다.

한두 사람에게 위임받은 것이 아니었다. 100명 가까이 되는 인원이었다. 한 명당 적게는 0.5%로 시작해서 많게는 2~3%에 해당됐다. 그게 전부 모이니 51%가 넘었다.

"대체 이게 어떻게 된 거야!"

영문을 모르는 박천성의 입장에서는 기가 막힐 수밖에 없었다. 유남우는 그걸 보고 짐작할 수 있었다.

"지난번에 사업체와 함께 처분했던 주식을 사들인 사람에게 위임받은 것 같습니다."

천성건설은 부지매입의 압박을 받다가 사업체들까지 처분했다. 그 때문에 천성파는 거의 와해되어버렸다.

하지만 그렇게 했음에도 해명그룹을 통해 얻게 된 콩고 공장 시설부지 건설자금이 부족했다. 결국 보유하고 있던 자사 주식까지 일부분 매각시켰다. 콩고 쪽의 일만 잘 마무리되면 다시 사들일 수 있기에 문제 삼지 않았다.

그걸 차준혁이 모이라이의 주식투자 부서와 정보팀을 동원해 차명으로 사들인 뒤에 위임받은 것이다.

"젠장—!"

이대로 주주총회가 열리면 박천성은 100% 대표이사직에서 해임될 것이다. 여기까지 어떻게 키워온 회사인지 누구보다 잘 알기에 분통이 터졌다.

띠리리! 띠리리!

그때 사무실 내선전화가 울렸다. 박천성의 분노 탓에 유남우가 대신해서 받았다.

"뭐? 어떻게든 막아봐!"

통화는 길지 않았다. 기분이 좋지 못한 박천성은 그 말을 듣고 고개를 돌렸다.

"또 무슨 일이야?"

"서울지검에서 수색영장과 회장님의 체포영장을 들고서 들이닥쳤답니다!"

"그건 또 무슨 개소리야!"

한편, 차준혁은 추운 겨울날임에도 아이스아메리카노 한 잔을 들고 차에 기대 천성건설 입구를 바라봤다.

방금 전 검사들이 들어가는 것을 보았다.

"역시 추진력 하나만큼은 좋네."

아침에 만났던 유태진 검사가 박천성을 만나는 동안 영장을 받아온 것이다.

물론 증거도 충분했다. 박천성이 이지후의 아버지를 죽였을 때 지시받았던 용의자의 소재지와 증언이 담긴 녹음기, 거기다 천성건설을 통해 뇌물을 받아온 정치인과 뇌물 수수 현장 사진들까지 있었다.

그것만이 아니었다. 노숙자 복지재단을 세우면서 천성파에서 운영 중이던 차명계좌를 모조리 막아버렸다. 그로 인해 천성파는 보유 중이던 자사의 주식까지 팔게 된 것이다. 이제 박천성은 천성건설까지 완전하게 뺏길 것이니 교도소에 들어가도 절대 빠져나오지 못할 것이다.

[금일 오전 C건설 박XX 회장이 살인교사와 정치인 뇌물수수, 폭력단체 결성이란 죄목으로 영장발부와 더불어 검찰에 기소되었습니다.]

[해당 사건에 연루된 정치인들은 지역구의원 5명으로 천성건설에게 부지매입에 대한 특혜를 주었다고 검찰이 발

표했습니다.]

[천성건설의 새로운 대주주가 된 모이라이의 차준혁 대표는 더 이상의 비리가 발생하지 않도록 투명하게 경영하겠다는 의향을 보였습니다.]

[모이라이에서 세운 노숙자 복지재단을 통해 최근 불법적으로 운영 중이던 차명의 통장과 명의도용이 약 20,000건이나 적발되었습니다.]

[모이라이는 재단을 통해 불법 운용된 명의를 검찰로 넘겨 더 이상 노숙자들의 명의가 악용되지 않도록 조치하였습니다.]

이지후는 차준혁과 함께 사무실에 앉아 뉴스를 보았다. 언제나 활기차던 그의 표정이 잔뜩 일그러졌다.

그러다 눈물을 쏟았다. 마침내 부모님의 회사를 되찾고, 박천성에게 복수했기 때문이다.

"괜찮냐……?"

차준혁은 위로가 될지 모른다고 생각하면서 말했다.

옆에 구정욱도 앉아 있었다. 그도 이지후의 사정을 알기에 지금 상황을 조용히 지켜만 봤다.

"고맙다……."

그동안 이지후는 내색하지 않았지만, 박천성이 천성건설로 승승장구하는 모습을 보기 싫었다. 그럴 때마다 언제나 분노하면서 능력이 없는 자신을 탓했다.

물론 차준혁에게 재촉도 하고 싶었다. 그러나 천성건설이라는 거대한 기업을 무너트리는 데는 준비가 필요했다.

"빨리 해주지 못해서 내가 미안하지."

차준혁이 이렇게 진행한 이유는 전날 자신을 향한 피습이 있어서였다. 다음에는 누가 될지 몰랐다. 천성파의 특성상 핀치에 몰리면 무력을 사용하기 십상이니 무리해서라도 막아야 했다.

"그럼 박천성은 어떻게 되는 거야? 혹시 골드라인이란 곳에서 빼주는 거 아니야?"

"나도 그게 좀 걱정이네."

그들도 이제 골드라인에 대해서 알기에 걱정했다.

솔직히 지금 세상에서 돈과 권력을 가지고 안 되는 일이 없었다.

"다들 걱정하시는 것보다 문제는 없을 겁니다. 골드라인이란 족속들에게 박천성은 그저 소모품에 불과했으니까요."

천성건설의 위명은 대단했지만 거품에 불과하다. 물론 건설계열사 중에서 서열이 높긴 했지만 무력으로 부지를 매입하고, 그걸로 벌어들인 돈이 태반이었다.

나름 청렴하다는 대기업들이 그런 천성건설과 제대로 손을 잡았다고 보기가 힘들었다.

구정욱은 이해가 되는지 고개를 끄덕였다.

"하긴 해명그룹이나 남송, 천환에서 천성과 손을 잡았다는 것도 이해가 되진 않았네."

다른 이들도 마찬가지였다.

"일단 골드라인에서 시늉은 하겠지만, 크게 움직이지는 않을 겁니다. 대신 저희 쪽을 주시하겠죠."

모이라이는 아무런 기색도 없이 천성건설을 꿀꺽 삼켜버렸다. 주식매매조차도 티가 나지 않도록 준비했으니 골드라인의 입장에서는 긴장할 것이다.

차준혁은 지금과 같은 수를 보여줬으니 그쪽에서 예의주시할 것이라 예상했다.

"그보다 다음 목표는 어딘가?"

원래대로라면 구정욱의 딸에 대한 복수를 위해서 해명그룹을 목표로 삼아야 한다. 하지만 천성건설처럼 흔들어 보기에는 덩치가 너무나 컸다. 기반이 튼튼하기 때문에 주식을 몰래 매집하기도 힘들고, 뒤에서 공작을 펼치기도 어려웠다.

"일단 방패부터 깨보죠."

결정을 내린 차준혁은 조심스럽게 말을 꺼냈다.

"방패라면 용진로펌 말인가?"

천성건설이야 이미 내쳐졌기 때문에 용진로펌에서 나서지 않았다. 하지만 다른 골드라인의 대기업들은 다르다.

문제가 생기면 용진로펌이 나서서 증거를 조작하거나 인멸해 자신들에게 유리하도록 만들 것이다.

"일단 용진로펌이 재판을 맡았던 사건부터 뒤져보는 것

이 좋겠습니다."

"설마 또 야근?"

기분이 풀린 이지후가 깜짝 놀라면서 되물었다.

"네가 정보팀 맡는다고 했으니까 당연히 할 일이잖아."

"젠장! 알았다! 용진로펌에 대해서만 알아보면 되는 거야? 다른 건 없어?"

"아, 작년에 청담동 사건에서 무죄판결 받았던 김종원에 대해서 알아봐줘. 요즘 뭐 하고 다니는지 말이야."

김종원은 용진로펌 김용진 대표의 조카이자 예전에 아발론클럽 살인사건의 용의자였다.

하지만 정당방위라는 말도 안 되는 판결로 과실치사로 인정되었다. 결국 김종원은 집행유예를 받고 빠져나왔다.

어떻게 보면 김용진의 약점이 될 수 있었다.

"알았어. 난 그럼 내려가 볼게."

이지후는 방금 전까지 울었던 것이 머쓱했는지 후다닥 사무실을 나섰다. 이제 차준혁과 구정욱만 남았다.

"그럼 나도 내려가 봐야겠군."

직책만 상무가 아니다보니 구정욱은 하루하루를 바쁘게 보냈다. 지금도 뉴스만 같이 보기 위해서 자리한 것이다.

"잠깐만요."

"왜 그러는가?"

구정욱은 차준혁이 불러 세우자 다시 앉았다.

"따님 사건을 빨리 처리해드리지 못해서 정말 죄송합니

다."

갑자기 차준혁이 사과를 하자 구정욱은 뒷머리를 긁으면서 입을 열었다.

"그게 자네 마음대로 될 일은 아니지 않은가. 우리가 그 녀석을 잡아넣는다고 해도 해명그룹에서 가만히 있을 것도 아니고 말이야."

구정욱도 차준혁의 노력을 잘 알고 있었다. 그래서 지금까지 재촉하거나 책망하지 않고 굳게 참았다.

지금도 그걸 탓하고 싶지 않았다.

"사실 따님 분의 친구를 알게 됐습니다."

"혜원이의 친구?"

구정욱은 국정원에서 바쁘게 일하느라 집에 잘 들어가지 못했고, 가정사에 신경을 쓰지도 못했다. 당연히 딸의 친구라 해도 잘 몰랐다.

"친구가 그렇게 된 후에 진짜 범인을 잡기 위해 경찰이 됐다고 하더군요."

"흠… 그랬군."

나쁜 의도는 아니었지만 그가 느끼기에는 자신뿐만 아니라 딸의 친구까지 불행한 인생에 빠트린 것 같았다.

"그로 인해서 겨레회에 들어갔다고 합니다."

"겨레회에 대해서 알아낸 건가? 그리고 혜원이 친구가 겨레회라니?"

그 대답과 함께 구정욱은 깜짝 놀랐다.

오랜 세월 동안 세상에 드러나지 않았던 비밀결사를 차준혁이 알아냈기 때문이다.

"제가 찾은 여자가 따님의 친구분이었습니다. 저도 이게 어찌 된 영문인지 황당하지만, 그 덕분에 겨레회에 대해서도 알아낸 겁니다."

구정욱은 겨레회를 옳지 못한 조직이라고 여겼다.

그 때문에 국정원에서도 인원삭감이란 말도 안 되는 핑계로 실종사건까지 벌어지고, 자신의 선배까지 의문이 가득한 교통사고를 당했으니 말이다.

"어디까지 알아낸 것인가?"

"저도 깊게 파내진 못했습니다. 대신 그쪽에서 절 만나도록 할 겁니다."

현재까지 파악된 암호메일로는 겨레회의 상부가 누군지 알아내기 힘들었다.

대신 신지연이 모이라이로 들어온다면 차준혁에 대한 보고가 겨레회의 상부로 올라갈 것이다. 의심을 푼다면 겨레회에서 직접 만나줄 테니 그때까지 기다리려고 했다.

"위험한 조직이 아닌가?"

"일단은 위험성이 크지 않다고 판단했습니다."

"알겠네. 자네 말처럼 기다려보지. 그리고 혜원이 친구라는 사람 말일세."

구정욱은 그녀가 신경 쓰이는지 조심스럽게 물었다.

"직접 만나 보시겠습니까?"

"만나서 뭐라 물어봐야 할지 모르지만, 그래도 한 번 보고 싶군."

"한 번 물어보도록 하겠습니다."

며칠 후.

신지연은 깔끔한 하얀색 투피스를 입고 모이라이 건물 안으로 들어섰다. 안내데스크에 서 있던 지경원이 그녀를 발견하고 다가왔다.

"안녕하십니까. 대표이사님의 비서인 지경원이라고 합니다."

신지연은 어리둥절 해하면서 고개를 숙였다.

"반갑습니다. 신지연이라고 해요."

"저를 따라오시면 됩니다."

때마침 출근시간이라 직원들이 들어왔다. 대표이사의 비서가 웬 여자를 데리고 올라가자 다들 수군거렸다.

"누구지?"

"지 비서님이 누굴 안내하는 건 처음 보는데."

모이라이의 대표를 찾는 이들은 많았다. 회사가 워낙 유명해지다보니 방송국이라든가 다른 기업의 비서들이 대표를 만나기 위해 직접 찾아왔다.

하지만 그들은 모두 퇴짜를 맞았다.

물론 퇴짜를 놓은 사람은 지경원이다.

사이코패스적인 성향에서 느껴지는 서늘한 태도 탓에 다들 물러날 수밖에 없었다.

직원들이 수군거리는 사이, 엘리베이터에 올라탄 두 사람은 대표이사 사무실 층에 도착했다.

"대표님. 신지연 씨가 오셨습니다."

지경원이 문을 두드리고 들어갔다.

"들어오시라고 해."

"알겠습니다."

그가 문을 활짝 열어주자 신지연은 조심스럽게 대표이사 사무실로 들어갔다.

차준혁은 책상에 앉아 정신없이 서류들을 살펴보고 있었다. 정식으로 모이라이의 대표가 된 후 다른 중요한 일들을 처리하는 데 급급해 업무가 밀린 것이다.

"저기……."

그녀가 말을 걸자 차준혁은 잠깐 고개를 들고 대답했다.

"미안해요. 일단 거기 앉아 있어요. 급한 일이라 여기까지만 확인할게요."

이에 차준혁은 손에 쥐고 있던 서류만 후다닥 살펴봤다. 그의 행동에 신지연은 살짝 민망했다.

"후우……!"

남은 서류결제를 마친 차준혁은 자리에서 일어서 그녀에

게 다가갔다.

"기다리게 해서 미안해요."

"많이… 바쁘신가 보네요."

형사일 때 봤던 차준혁의 모습과 너무나도 달랐다. 언제나 걸치던 캐주얼한 차림이 아니라 하얀 와이셔츠에 넥타이까지 맸으니 더욱 그랬다.

"전임 대표가 워낙 일을 안 해서요."

"그런데 제가 여기서 할 일은… 뭔가요?"

신지연은 같이 있기로 결정을 내렸기 때문에 차준혁이 제안한 대로 모이라이에 취직하기 위해서 왔다.

"제 곁에 있는 일이라면 한 가지밖에 없죠."

"그게… 뭔데요?"

"제 비서요."

"하지만 방금 전에 안내해준 분이…….."

지경원을 말함이었다. 그녀의 말도 틀리지 않지만 차준혁에게 다른 계획이 있었다.

"지 비서는 지연 씨에게 업무인계만 하고 다른 곳으로 넘어갈 거예요."

다른 곳이라는 말에 신지연은 깜짝 놀랐다.

"설마… 지경원 비서님이라는 분이 저 때문에 좌천되거나 한 건 아니죠?"

"그런 것 아니에요. 오히려 본부장으로 승진시키는 거니까. 걱정 안 하셔도 돼요."

"본부장이요?"

지경원 정도의 능력이라면 임원이 되고도 남았다.

지금까지는 암암리에 움직일 일이 많아서 비서로 뒀던 것이다. 이제부터는 업무적으로 차준혁을 케어해줄 필요가 있었다.

"능력이 좋은 친구라서요."

"그런가요…? 하지만 입사하자마자 대표이사의 비서라니… 다른 직원들한테는 죄송하네요."

차준혁을 감시하기 위해서 다른 직책은 안 된다. 그녀도 그걸 아니 낙하산 같아서 미안한 기분이 들었다.

"지연 씨가 능력을 보여주면 되죠. 경찰대학에서도 수석이었다면서요. 그럼 충분히 해낼 거예요."

똑똑.

이야기를 하던 중 노크소리가 들리더니 지경원이 다시 얼굴을 내밀었다.

"대표님. 실례하겠습니다. MR테크 시찰을 가실 시간입니다."

"벌써 그렇게 됐어? 지연 씨도 같이 가시죠."

신지연은 어리둥절해하면서 차준혁을 따라나섰다.

MR테크는 최근에 모이라이에서 인수한 국내 군수방위 산업체다. 아직은 정부를 통해 인증 받지 못해 군수사업 아이템들을 개발만 하고 있었다.

"대통령님! 말씀을 해주십시오! 대체 이만한 자금이 어디로 흘러들어간 것입니까?"

국가의 수뇌부인 각 장관들은 청와대에 모여 대통령을 압박하기 시작했다.

"자그마치 3,000억입니다. 국방예산 중 일부분이 도대체 어디에 쓰인 겁니까?"

그들이 내미는 서류들이 있었다.

서류에는 국방부예산으로 빠진 자금 중 3,000억 가량이 신무기개발이란 명목으로 기재된 상태였다.

하지만 정확하게 개발된 것은 없었다.

자금의 흐름은 몇 차례에 걸쳐 사라져 있었고, 지금은 어디로 갔는지 알 수가 없었다. 장관들은 그 정보를 어디서 얻었는지 대통령에게 계속 따져댔다.

"국방부 장관께서도 말씀을 해보세요!"

국방부 장관인 서승원도 아무런 대답을 하지 못했다. 대통령과 장관 한 명이 다른 이들에게 몰매를 맞듯이 질문세례만 받았다.

이내 대통령인 노진현이 그들을 향해 입을 열었다.

"자세한 정황은 지금 말씀드릴 수 없습니다. 차후 빠른 시일 내로 발표할 테니 기다려주시지 않겠습니까."

장관들은 대통령이 직접 선임한 인물들이다.

그런 이들에게도 자금의 출처를 밝히지 못하니 자책감이 들었다. 하지만 쉽게 밝힐 수도 없는 내용이었다.

모든 자금은 국가를 위해서 창설 준비 중이던 IIS로 흘러 들어갔기 때문이다.

장관들은 그 답을 듣고 웅성거리기 시작했다. 그러다 경제부 장관인 유성찬이 다른 이들을 대표해 나섰다.

"알겠습니다. 대신 최대한 빨리 말씀해주셔야 할 겁니다."

"꼭 그러도록 하지요."

집무실에는 고개를 숙인 노진현과 서승만이 남았다. 다들 나가는 것을 보고서야 옅은 안도의 한숨을 내쉬었다.

"장관들이 저걸 어떻게 알아낸 것인지 모르겠습니다."

서승원은 지금도 테이블에 놓인 서류들을 보고도 믿기지 않았다. IIS에 투입된 자금은 웬만해선 알지 못하도록 분할하여 위장해두었다. 그런데 신무기개발이란 명목이 장관들에게 흘러들어간 것이다.

물론 3,000억이 전부가 아니다. 보통 조직도 아니고 국정원과 맞먹으니 예산도 상당히 많이 들어갔다.

"지금 상황대로라면 준비과정에 투입된 사람들 중 첩자가 있을지도 모르겠습니다."

"하지만 철저하게 신뢰할 수 있는 사람만 뽑았습니다. 그럴 리가 없습니다."

열 길 물속은 알아도 한 길 사람 속은 모른다. 아무리 신뢰할 수 있다 해도 변절할 가능성이 있었다.

"다시 조사를 해보세요. 그게 누군지는 모르겠지만 이대로 가다간 창설 전에 IIS의 존재까지 밖으로 드러날지도 모르니까요."

IIS는 국내기업과 더불어 국가안보를 위해 세워질 조직이다. 그걸 국정원에서 안다면 절대로 가만있지 않을 것이 분명했다.

"바로 조사에 착수해보도록 하겠습니다. 그런데 다른 사람들에게는 어떻게 설명하시려는 것입니까?"

노진현이 대통령이 되었을 때 같은 뜻을 품고 대한민국을 바꾸고자 한 장관들은 이미 불신에 차 있다. 제대로 된 설명이 아니라면 신뢰관계만 더 깨질 수도 있었다.

"생각해봐야지요."

해명그룹 회장실에서는 박해명의 호탕한 웃음소리가 쩌렁쩌렁 울렸다.

"하하하하하!"

이에 주변에 있던 남송이나 김추성도 흐뭇하다는 듯이 같이 웃었다.

"하하하. 지금쯤이면 청와대가 발칵 뒤집혔겠습니다. 안 그렇습니까?"

남송은 그렇게 말하면서 박해명을 쳐다봤다.

"분명 그렇겠지요."

청와대에서 벌어진 불투명자금 사건은 그들이 꾸민 일이었다.

"헌데, 노진현 대통령이 자금을 그런 식으로 운용했다니 정말 의외입니다."

김추성은 이해되지 않은 표정이었다.

노진현은 강직한 검사 출신으로 청렴결백의 상징으로서 대통령이 되었다.

"차차 파보면 알 일이지요. 일단은 우리에게 잘된 일이지 않습니까."

괘념치 말라는 듯이 남송은 그의 염려를 밀어냈다.

"이대로 간다면 계획을 좀 더 앞당길 수도 있겠습니다."

웃음을 그친 박해명이 말하자 다들 시선을 모았다.

"노진현을 끌어내리고 우리의 입맛대로 세워야죠. 그가 발을 헛디뎠으니 진행시킵니다."

다시 이어진 설명에 두 사람은 고개를 끄덕였다.

그들은 자신들이 내세운 사람을 대통령에 앉히려 했다. 다른 대선에 대비한 후보도 준비되어 있었다.

그런데 노진현을 끌어내릴 수 있는 약점을 찾아냈으니 그들로서는 더욱 흐뭇할 수밖에 없었다.

"우리의 후보는 어떻게 지내고 있습니까?"

"열심히 시의원으로 활동하고 있지요. 앞으로도 우리가 최대한 밀어줘야 대선이 확실해질 겁니다."

다들 노진현을 본래 대통령 임기보다 빨리 끌어내릴 수 있다는 생각에 웃음을 터트렸다.

"그보다 밖으로 터트리지 않아도 될까요?"

김추성은 이번에도 살짝 걱정했다. 불투명자금 운용을 방송사를 통해 보도한다면 노진현 대통령은 단번에 나락으로 떨어질 것이다.

"만약 그랬다면 정부의 신뢰까지 떨어집니다. 일단 스스로 하야(下野)하게 만들어야 좋으니까요."

자신들의 후보가 대통령에 오르기까지 정부는 신뢰를 잃지 말아야 했다. 방송사에 터트려 국민들을 선동할 수도 있지만, 새로운 정부에도 불만이 많아질 테니 주의할 필요가 있었다.

"박 회장님의 말씀이 맞겠군요."

김추성은 그의 설명을 듣고 고개를 끄덕였다.

그러면서 박해명은 남송을 쳐다보면서 물었다.

"노진현 대통령의 일은 잘 해결될 테니 다른 이야기를 하죠. 이번에 남송에서 추진 중이던 군수사업은 어찌 되고 있습니까?"

남송그룹은 남송중공업과 남송조선으로 군수사업체를 이뤄 정부에 납품하고 있었다. 박해명은 그 사항에 대해서 묻는 것이 아니었다.

"해명종합기계에서는 준비가 다 되었으니 다음 달쯤이면 듀케이먼과 거래를 틀까 합니다."

그의 입에서 국제무기상인 듀케이먼의 이름이 나왔다. 기업이 그런 인간과 거래한다는 것은 불법적인 일이 분명했다. 해명그룹도 남송그룹과 같이 움직일 예정이다. 그렇기에 해명그룹의 군수계열사인 해명종합기계도 포함된 것이다.

"그 일은 애들에게 맡겨두기로 하시죠."

박해명은 여기까지라는 듯이 말을 건넸다.

그러자 남송은 조금 내키지 않아하면서 입을 열었다.

"저도 그러고 싶지만 워낙 천방지축이라서 말입니다. 그럼 박 회장님은 이번 건을 아드님들에게 맡기실 겁니까?"

박해명은 셋, 남송은 둘. 특이하게도 두 사람은 아들만 있었다. 아들들에게는 그룹 계열사나 본사에서 중책을 맡겼다.

"녀석들도 배우는 것이 있어야 하지 않겠습니까. 물론 셋째 녀석은 조금 문제긴 하겠지만 말입니다."

박해명의 셋째 아들 박원준은 사고뭉치였다. 일은 하지 않고 놀기만 바빴다. 그런 부분에서 서로 다르다면 남송의 셋째아들은 바람으로 생겼다는 점이었다.

물론 남송의 세 번째 아들은 다른 이들에게도 비밀이었다.

"그렇다면 저도 맡겨보기로 하지요. 어차피 밑 작업은 모두 해놓은 상태이니 문제가 없을 겁니다."

나름 큰 거래이기에 남송은 살짝 걱정이 됐다.

박해명의 말처럼 평생 자신이 할 수만은 없었다. 언젠가는 아들들에게 넘겨야 할 일들이니 미리 경험하는 것도 나쁘지 않다고 생각했다. 그런 대화가 오가던 중에 김추성이 부러운 표정으로 입을 열었다.

"저는 딸만 있으니 두 분과 공감하기 힘들 것 같군요. 하하하."

"지금이라도 늦지 않았습니다. 힘들게 이룬 기업을 사위라는 녀석에게 뺏겨서는 안 되지 않습니까. 늦장가라도 가셔야지요."

김추성은 딸만 둘이었다. 부인이 10년 전에 병으로 죽고 난 후 혼자서 그 딸들을 키워왔다.

나름 가정적인 성격이라 딸들을 소중하게 여겨 재혼을 전혀 생각하지 않고 있었다.

"괜찮은 사위라면 나쁘지 않을 것 같습니다. 딸도 일을 못하는 편이 아니니 말입니다."

"그러고 보니 둘째 따님이 요즘 TV에 부쩍 많이 나오던데 이러다 연예인 사위라도 들이시는 게 아닐까 싶습니다."

놀리는 것인지 박해명의 말과 함께 남송도 같이 웃기 시작했다.

"정말로 연예인 사위가 들어오면 어쩌실 겁니까?"

남송이 진짜 궁금하다는 표정으로 물었다.

"그렇다면 연예인부터 때려치우라고 해야겠군요."

"유명한 사람이면 천환그룹의 간판이 되겠습니다. 하하하하."

이제 탄탄대로만이 남았다고 자신한 그들은 얼마 전까지

답답했던 기분을 내던지고 즐거워했다.

○○

모이라이 본사에서는 점심시간이 되자 사내식당에서 커다란 목소리들이 울려 퍼졌다.

"안녕하십니까! 대표님!"

"안녕하십니까!"

그에 차준혁은 난처해하면서 말했다.

"저도 밥을 먹으러 온 것뿐이니 앞으로 그렇게 인사하지 않았으면 합니다."

식당에 있는 직원들 전부에게 말한 것이다.

차준혁은 신지연과 함께 다른 직원들처럼 줄을 서서 밥과 반찬을 받았다. 자리에 앉을 때까지 신지연은 그런 차준혁의 행동을 이해하지 못했다.

"대표님. 웬만하면 식사는 따로 하시죠."

"밥도 맛있는데 왜요?"

차준혁은 그동안은 밥 먹을 시간조차 아끼면서 일을 하다 보니 사내식당을 처음 찾아왔다. 신지연이 비서가 되어서도 외부 업무가 많아 밖에서 먹기 일쑤였다.

직원들은 차준혁을 보자마자 큰소리로 인사하고, 심하게 불편한 표정을 짓고 있었다.

당연하다.

아무리 사내체제가 편하게 운영되고 있다 해도 차준혁은 직원들에게 있어 하늘과 같은 존재다. 20대 중반에 자력으로 엄청난 기업의 대표가 된 것이니 다른 세계의 사람으로 보일 것이다.

"직원들이 불편해 하잖아요."

"먹다보면 편해지겠죠. 그리고 저도 어떻게 보면 직원인데요."

그보다 차준혁은 그녀가 자신을 대표님이라고 부르는 것이 조금 섭섭했다.

물론 대표와 비서의 사이니 그런 호칭은 당연했다.

"사회생활 제대로 해본 적 없으시죠?"

"뭐… 군대랑 경찰이 전부죠."

차준혁은 회귀 전에도 일반적인 생활을 해본 적이 없었다. 업무적인 일에만 뛰어날 뿐이지 보통 사회인들의 심리를 알기는 힘들었다.

"아무튼 여기서의 식사는 오늘까지만 해요."

둘은 마저 식사하면서 식당에 설치된 TV로 시선을 옮겼다. 뉴스가 나오고 있었다.

[노진현 대통령이 신무기개발이란 명목으로 불투명한 예산 운용을 한 것으로 드러났습니다. 국회에서는 이를 파악하기 위해 검찰특별수사팀을 운영할 것이라고 발표했습니다.]

[추정된 운영 예산은 약 3,000억으로, 노진현 대통령에 대한 국민들의 불신이 깊어질 것으로 예상됩니다.]

'슬슬 그 시기인가?'

차준혁은 그 뉴스를 보면서 회귀 전을 떠올렸다.

당시도 노진현 대통령의 탄핵론이 거론됐다.

'IIS 창설에 쓰인 예산이 문제였지.'

그 시기에 차준혁은 IIS요원으로 훈련을 받고 있었다.

비밀리에 IIS를 창설하려던 노진현은 무리해서 예산을 끌어다 썼다. 그 탓으로 의원들의 반발과 국민들의 불신을 사버렸다.

"어쩌다가… 노 대통령님이 저럴 분이 아닐 텐데."

신지연은 노진현의 지지자였는지 걱정하면서 뉴스를 보고 있었다.

"그렇죠. 그럴 분이 아니죠."

끝내 노진현 대통령은 탄핵을 당하면서도 억울함을 호소하지 않았다. 오히려 모든 것을 겸허하게 받아들이고 하야(下野)를 선택했다. 그를 끝까지 믿었던 국민들이 집회까지 열어봤지만 소용이 없었다.

결국은 이번 인생에도 바뀌지 않을 것 같았다.

'IIS는 이렇게 창설되지 않겠지.'

골드라인을 견제하게 될 조직이지만, 정부에서도 악용하기 시작했다. 그런 조직이라면 차라리 존재하지 않는 것이 좋을 수도 있었다.

"정말로 3,000억이란 돈을 노진현 대통령님이 운영한 걸까요?"

신지연이 묻자 차준혁은 TV에서 시선을 떼고 그녀를 쳐다봤다.

"비밀조직이라도 만들었을지 모르죠."

사실이지만 누구도 쉽게 믿지 못할 말이다. 다만, 그녀는 차준혁의 말을 듣고 자신이 속한 겨레회를 떠올렸다.

"그런 말은……."

"아, 죄송해요. 비꼬는 말은 아니었어요. 그냥… 혹시 몰라서요."

"아니에요. 어떻게 보면 그곳도 마찬가지죠."

겨레회의 운영자금은 일원인 기업을 통해서 전해진다. 기업도 불투명하게 운영해야 하는 부분이니 노진현 대통령의 혐의처럼 보일 수도 있었다.

"그보다 노진현 대통령이 제대로 해명하지 않는다면 큰일이 나겠네요."

역대 대통령 중에서 노진현의 신뢰도는 최고였다. 그런데 이런 일이 터졌으니 타격이 클 수밖에 없었다.

"흠… 잘 해명해주시겠죠."

"뭐, 그렇게 된다면 다행이고요."

차준혁은 미래를 알고 있으니 결과가 뻔했다. 대화와 함께 식사를 마친 두 사람은 다시 사무실로 올라갔다.

말하지 못하는 정의

　주상원은 혼란스러운 표정으로 겨레회의 간부연락 아지
트에 도착했다.

　아지트에 도착한 것은 그 뿐만이 아니었다.

　지금까지 한 번도 만나보지 못했던 다른 간부들이 지하
아지트에 마련된 방 안에 앉아 있었다.

　"서울지검의 한종수 고검검사장?"

　그러던 중에 아는 얼굴까지 만났다.

　한종수는 고등검찰청 검사장으로 직급만 놓고 보면 치안
총감인 주상원과 동급이었다.

　"오랜만입니다. 그보다 주 총감께서 저와 같은 간부셨다니 놀랄 일이로군요."

"저도 놀랐습니다."

서로 얼굴을 모르고 휘하의 겨레조원들을 주로 움직이게 했다. 물론 분야가 다른 부분도 있으니 협력이 필요할 때도 있었다. 그럴 때는 장로들이 연결점이 되어 따로 지시를 내려주게 된다.

간부들도 상부의 지시를 받고 움직이니 다른 분야의 사람 중 누가 같은 겨레회인지 알 수가 없었다.

"그보다 이렇게 모이라고 하다니 제가 간부가 되고서 처음이긴 하지만 그럴 만도 한 것 같습니다."

"예전 겨레단이 국정원에게 당했을 때도 이러긴 했죠."

국정원 사건은 12년 전에 있었던 일이다.

당시 주상원은 경찰청장이 되기 전이고, 겨레조 내에서도 중상위 조장을 맡고 있었다.

그때는 겨레회에 있어서 워낙 중차대한 일이다보니 간부들을 소집하여 주의를 줄 수밖에 없었다.

"그랬군요."

한종수 외에도 각종 재계 인사들이 보였다. 그러다 약속된 시간이 되자 모니터가 아닌 실물의 장로 5명이 방으로 들어왔다.

척—!

동시에 다들 기립해 그들을 향해 몸을 돌렸다.

"앉으시지요."

그중 장로인 대통령의 비서실장 김범준이 간부들을 앉혔다. 이에 다른 장로들도 자리에 앉고 잠시 침묵이 이어졌다.

장로들의 대외적인 위치는 간부들도 잘 알고 있었다.

청와대를 맡은 국방부 장관 서승원과 비서실장 김범준. 경제 쪽을 담당한 명천그룹의 임진환 회장과 정치 쪽의 국회부의장인 마석호 의원. 마지막으로 현직대통령인 노진현.

간부들은 장로들과 마주하자 긴장하면서도 그들의 입이 열리길 기다리고 있었다.

그러던 중에 노진현 대통령이 입을 열었다.

"다들 이렇게 모이신 이유를 짐작하고 계시리라 생각합니다."

현직대통령의 예산 횡령으로 인해 국민들의 반발과 의원들의 항의가 빗발치고 있기 때문이다.

뉴스에서 워낙 크게 떠들어대니 각 분야에서 높은 직책을 맡은 이들로써 모를 리가 없었다. 이에 노진현 대통령은 탄식을 금치 못하고 말을 이어 나갔다.

"저희 장로들은 국정원 사건으로 잃어버린 겨레단을 대처하기 위한 새로운 비밀조직을 창설하던 중이었습니다."

그 말과 함께 간부들이 술렁거렸다. 보통 일도 아니고 국가조직을 만든다는 계획이니 놀라지 않을 수가 없었다.

이에 설명을 듣던 간부 중 한 명인 한종수 고검검사장이 입을 열었다.

"그렇다면 국방부 운영예산 중 사라진 금액이 그리로 들어간 것입니까?"

"맞습니다. 솔직히 말씀드리면 그보다 더 큰 액수가 투입된 상태입니다."

노진현 대통령은 한 치의 거짓말도 하지 않았다.

간부들은 더욱 놀란 표정을 지었다. 어떤 조직인지 궁금증도 생겨났다.

"그렇다면 저희 간부들이 어떻게 도와드리면 되는 것입니까?"

장로들이 직접 간부들을 소집했다. 당연히 도움을 요청하기 위한 것이라 생각했다.

하지만 노진현 대통령은 고개를 절레절레 저었다.

"지금으로써는 방법이 없다고 판단됩니다. 그건 여러분들의 도움을 받는다 해도 어려울 것입니다."

횡령된 것이라 판단된 금액은 무려 3,000억이다. 그것도 전부가 아니라 일부분에 불과했다. 지금 문제를 해결한다고 해도 다른 부분이 뒤늦게 터지면 수습하기가 힘들었다.

"설마… 국민들에게 있는 그대로 발표하실 생각이신 겁니까?"

지금도 국회의원들은 노진현 대통령의 탄핵안을 밀어붙이고 있었다. 그런 상황에서 대통령 스스로 인정한다면 어

찌 되겠는가. 모든 것을 내려놓는 것으로도 부족했다.

오히려 전직 대통령이란 이름으로 교도소에 들어갈지도 모른다. 그에 침묵을 지키던 간부들이 술렁였다.

"제 판단으로는 겨레단이 되어줄 새로운 비밀조직이 우선일 듯싶습니다."

겨레회는 국정원 사건으로 겨레단을 잃고 조용한 활동만 했다. 거기다 당시에는 잠시 몸을 움츠려야만 했다.

그 답답함이 이어지다가 3년 전, 장로였던 노진현을 대통령으로 만들었다. 겨레회 역사상 최고의 쾌거였다.

하지만 친일파들을 숙청하는 일은 만만치 않았다.

그들이 움츠리던 사이 친일파나 대한민국의 정권을 노리는 이들이 더욱 깊은 뿌리를 뻗었기 때문이다.

"대통령님. 그건 아니 될 말씀입니다!"

간부들이 자리에서 벌떡 일어나 소리쳤다.

그들은 지금 이대로 대통령이 내려왔다간 겨레회의 존속은 물론 대한민국이 패망의 길을 걸을 것이라 느꼈다.

술렁임은 더욱 번지더니 간부들끼리 수군거리는 목소리가 커졌다.

"대통령님께서도 깊게 심사숙고하시어 결정하신 바이니 모두들 조용하시게!"

순간 노진현의 옆에 앉아 있던 국방부 장관 서승원이 벌떡 일어나 외쳤다. 다들 그 소리를 듣고 깜짝 놀랐다.

"우리도 자네들처럼 생각하지 않는 것이 아니네. 하지만 꼬리를 제대로 물리고 말았어. 이대로 가다간 겨레회의 존립마저 위태로워질 수 있단 말일세."

장로들 중에는 명천그룹의 임진환 회장도 있었다.

임진환이라면 횡령으로 터진 자금을 메워줄 수도 있지만, 겨레회의 꼬리를 문 친일파 야계들에게 그 자금의 흐름이 쫓길 가능성도 있었다. 만약 그렇게 된다면 겨레단때처럼 겨레회와 겨레조까지 괴멸할지도 몰랐다.

그렇게 여러 가능성을 확인해 봤음에도 방법은 나오지 않은 것이다.

"정말로 방법이 없는 것입니까?"

한종수는 국정원 사태 당시도 알만큼 간부들 중에서도 제일 오래된 사람이었다.

다른 간부들은 거기까지 몰랐지만 장로들은 잘 알았다. 그래서 그의 탄식과 같은 목소리를 듣고 안타까움을 흘렸다. 다시 침묵이 이어졌다.

그러다 노진현 대통령이 다시 입을 열었다.

"아무튼 이렇게 모이라고 한 이유는 조금 있으면 준비 중이던 비밀조직이 일단락되기 때문입니다. 여러분들께서 그 조직을 지켜주시길 바랍니다."

"대통령님―!"

노진현은 대통령직에서 스스로 내려와 모든 처벌을 자신이 안고 갈 생각이었다. 국민들의 불신도 커진 상황에서 어떤 방법을 써도 '눈 가리고 아웅'하는 것밖에 되지 않았

다.

결국 자신을 희생해 겨레회의 존속과 안정을 지켜내려 했다. 그러다 계속 입을 다물고 있던 경찰청장 주상원이 조심스럽게 입을 열었다.

"대통령님께서 물러나시지 않아도 되는 방법이 한 가지 있습니다."

주변에 있던 이들은 그 말을 듣고 깜짝 놀랐다.

그러면서 빨리 말하라는 표정을 했다.

"말씀해 보시게."

서승원 국방부 장관은 그다지 기대를 하지 않고 주상원에게 물었다.

"문제의 핵심은 밝힐 수 없는 운영자금의 결과이지 않습니까. 그걸 명확하게 밝힌다면 문제는 해결되는 것입니다."

한종수가 그의 설명을 듣고 버럭 화를 냈다.

인사했을 때 친절했던 모습은 온데간데없었다.

"주 청장! 지금 그게 불가능하니까 대통령님께서 저런 결단을 내리신 것이지 않습니까!"

그만큼 대통령의 선택에 답답해 하고 분노하는 중이었다. 하지만 주상원의 말도 틀리지 않았다. 명목상으로 만들어놓은 신무기 개발만 해결되면 문제 될 것이 없다.

물론 한종수가 화를 내는 것은 실상 전혀 진척된 것이 없기 때문이다.

한시가 급한 지금 상황에서 어떤 변명이나 방법도 준비할 수 없었다. 그래서 대통령도 하야와 함께 처벌을 달게 받고자 선택했다.

"이번에 모이라이의 대표로 취임한 차준혁 대표가 그 방법을 가지고 있습니다."

"그리고 보니 얼마 전에 차준혁 대표에 관한 정보조사 요청이 내려왔던데."

모든 간부들을 통해 내려진 요청이었다. 보고를 올렸던 다른 간부가 그의 대답을 듣고 되물었다.

"혹시 그것과 관계된 일입니까?"

"맞습니다. 사실 그 요청이 들어간 이유는 차준혁 대표를 겨레회의 일원으로 받아들이기 위한 심사를 요청했기 때문입니다."

보통 일원은 간부에서 받아들이기 때문에 장로의 승인까지는 필요가 없었다. 그런데 간부가 장로에게 직접 요청했다면 사안이 달라진다. 조가 아닌 회인 간부로서 추천했다는 의미와 같았다.

"겨레회는 역사와 전통을 자랑하는 대한민국의 비밀결사조직입니다. 아무리 능력이 좋다한들 이제 고작 20대 중반인 젊은 녀석에게 회를 맡기자는 말입니까?"

몇몇 간부들은 어이없음에 분노가 치밀어 오르면서 소리를 질러댔다.

오랫동안 간부를 해온 이들도 상당하니 당연히 화가 날

수밖에 없었다. 주상원은 난리가 난 상황을 보면서 한숨을
한 번 내쉰 후 크게 소리 질렀다.

"지금까지 들어온 보고로는 모이라이에서 부도난 국수
방위산업체를 인수하여 각종 군수장비들을 개발 중이라
고 합니다!"

그 말과 함께 모든 이들의 얼굴이 굳어졌다.

모이라이의 행보가 엄청나다는 것을 알고 있지만 군수방
위산업까지 손대고 있을 줄은 몰랐다.

이때 비서실장이자 장로인 김범준이 그를 보면서 물었
다.

"예전에 말한 사람을 그에게 심어둔 겁니까?"

너무 자세한 정보였기에 출처가 있을 것이다. 그러니 당
시 요청을 받았던 김범준이 주상원이 말했던 것을 떠올려
물어보았다.

"맞습니다. 무단으로 한 것이니 만약 처벌하신다면 달게
받겠습니다."

주상원은 그렇게 대답하고 계속 말을 이어 나갔다.

"대신 지금까지의 보고로는 모이라이에서 투자만이 아
닌 군수, 건설, 의류, 유통 등의 사업도 준비하는 중이랍니
다."

지시 불복에 대한 결과치고는 엄청났다.

주상원도 신지연이 모이라이에 들어가 지금 정도의 정보
를 전해줄 지는 예상하지 못했다. 기껏해야 차준혁의 행보

정도로만 생각했다.

"하지만 그가 지금의 문제를 해결해줄지 모르는 것 아닙니까."

이번에도 한종수 부장검사가 꼬리를 물고 늘어졌다.

물론 모이라이가 정말로 군수장비를 개발 중이라면 노진현 대통령의 문제를 어떻게든 해결할 수 있을지도 몰랐다. 하지만 차준혁이 겨레회에 대해서 모르는 것이 중요한 문제였다.

갑자기 자신들이 대한민국의 평화를 위해서 움직이는 조직이라고 도와달라고 하면 누가 믿을까.

누구도 믿지 않을 것이다.

"미처 보고하지 못한 사항이 하나 더 있습니다."

이에 주상원은 말을 한 번 끊고서 침을 삼켰다.

뭔가 더 큰 문제가 있다는 분위기였다. 주변이 다시 술렁거리다 가라앉자 주상원은 입을 열었다.

"차준혁 대표는 겨레회에 대해서 알고 있습니다. 그가 어떻게 알아낸 것인지는 아직 모르지만, 12년 전에 벌어졌던 국정원 사건까지 알고 있었습니다."

술렁임은 다시 커졌다.

당시 사건 이전이나 이후로 누구에게도 밝혀지지 않았던 겨레회의 존재가 외부로 유출될 수 있었다.

한종수의 불과 같은 성격이 또 폭발했다.

"도대체 그쪽에서는 일을 어떻게 처리하기에 상황이 그

렇게까지 된 겁니까!"

"저희도 최대한 주의했습니다. 차준혁에게 접근하던 과정도 면밀히 재조사했지만 새어 나간 곳을 알아낼 수가 없었습니다!"

주상원도 할 말은 있었다.

하지만 차준혁이 초감각으로 신지연과의 통화를 엿듣고 모이라이의 정보팀을 따로 운영한다는 것은 그들로서도 알아낼 수가 없었다. 재조사를 했음에도 겨레회 정보의 출처를 알아내기가 힘들었다.

"모두 조용히 하세요!"

상황을 조용히 지켜보던 노진현 대통령이 처음으로 소리치면서 소란을 잠재웠다.

분위기가 다시 잠잠해지자 그가 입을 열었다.

"차준혁 대표가 우리에 대해서 어디까지 알고 있는 겁니까?"

"그건 모르겠습니다. 다만 보고 듣기에는 그가 장로님들을 직접 만나고 싶어 한답니다."

"어째서죠?"

물음이 이어지자 주상원은 신지연에게 보고받은 것을 떠올리면서 말했다.

"자신과 같은 신념을 가진 조직이라면 도와줄 의향이 있다고 했습니다. 차준혁 대표도 세상을 위해 경찰을 그만두고 모이라이로 들어갔다고 합니다."

"그게 정말입니까?"

정말 모이라이에서 도움을 줄 수 있다면 대한민국과 겨레회에게 큰 힘이 될 것이다. 하지만 쉽게 결정하기는 힘들었다. 어찌 보면 겨레회를 드러내는 일이니 갈등할 수밖에 없었다.

"지금까지 보고받은 대로라면 충분히 가능성이 있다고 판단됩니다."

주상원은 더욱 진지해진 표정으로 대답했다.

이에 노진현 대통령은 잠시 고민하다가 입을 열었다.

"좀 더 생각을 해보고 결정하도록 하지요."

지금 자리는 그가 하야(下野)한다고 결정하고서 뒤를 부탁하기 위해 만들었다. 문제를 해결할 방법이 있다고는 해도 쉽게 결정할 수 없으니 시간이 필요했다.

박해명은 대통령을 압박만 하여 스스로 하야(下野)하도록 만들 생각이었다. 그런데 갑자기 자신들이 장관들에게 넘겼던 자료들이 국회의원들과 방송사까지 흘러들어갔다.

자료를 넘겨준 이의 소행이 분명했다. 그 당사자는 지금 박해명과 같이 사무실에서 마주 보고 앉아 있었다.

"도대체 이게 어떻게 된 일인가?"

선하게 생긴 40대 초반으로 보이는 사내가 그의 물음을 들고 옅은 미소를 지어보였다.

"필요한 과정이라고 생각했기 때문입니다."

"조금 더 압박을 주면 알아서 내려올 사람이었네. 굳이 국민들까지 선동할 필요는 없었어."

예상대로 그가 뿌린 것으로 드러나자 박해명은 답답하다는 표정을 지었다. 반면에 사내는 여전히 당당한 태도였다.

"이번 일이 터지거나 말거나 다음 대통령에 오를 사람은 노진현 대통령이 뿌린 똥을 해소해야 합니다. 국민들은 그걸 주시하겠죠."

그의 말은 틀리지 않았다. 결국 일이 벌어진 상황에서 누구든 수습해야만 했다.

"해결할 자신이 있다는 건가?"

박해명과 대화 중인 사람은 다름 아닌 한민국당 소속의 김태선 의원이었다. 그가 노진현 대통령이 감추려 했던 운영예산을 알아내 골드라인에게 바쳤다.

김태선은 그런 박해명의 물음을 듣고 웃음을 지우지 않고 있었다.

"때론 동정표도 중요하지요. 전대 대통령이 일으킨 문제를 힘들게 수습하면서 국민들을 위해 노력하는 대통령. 국민들은 그런 대통령을 위해 힘내라고 해주겠죠. 이 얼마나 멋진 모습입니까."

대답과 같은 이미지를 상상하듯이 그의 입가에 미소가 더욱 짙어졌다.

"역시… 자네는 내가 생각하는 것보다 멋진 그림을 그리는군."

"정치란 이미지입니다. 깨끗하든, 지저분하든 아름답기만 하면 사람들은 인정을 해주지요."

그 말처럼 사람은 보고 들은 것만을 믿는다.

특히 인터넷 세상에서 사람들 사이에 오가는 이야기는 더욱 큰 파장을 일으켰다. 만약 그게 좋은 모습이라면 그 파장은 당사자에게 엄청난 영향을 가져다준다.

"자신만만하군."

"이 바닥이 그렇습니다. 자신감이 없으면 정치는 꿈도 못 꾸겠죠. 그보다 국민들을 더욱 자극할 필요가 있을 것 같습니다."

지금도 수많은 사람들이 광장에서 집회를 열어 대통령에게 진실을 요구하고 있었다.

"이대로만 간다면 굳이 키우지 않아도 되지 않나."

"영웅은 위기의 순간에 등장하는 법이죠. 그 위기가 크면 클수록 영웅의 활약도 더욱 빛나는 법입니다."

"자네가 선동된 국민들 앞에 서서 해결하겠다는 것이로군."

박해명은 그의 행동을 보고 더욱 마음에 들었다.

차기 대통령후보로 유력한 김태선. 명천법대를 수석으

로 졸업한 후 판사나 검사가 되지 않고, 유명한 로펌에서 받은 제안도 뿌리치고 국선변호사를 지냈다.

이후 부산으로 내려가 수많은 사람들의 고충을 해결해주는데 앞장섰다. 국민들의 입장에서는 최고의 인물이었다. 하지만 그런 김태선도 보수적인 한민국당에 들어갔을 때는 구설수에 올랐다.

자유민주주의와 인권평등원칙을 주장하던 그가 보수정당에 들어갔으니 당연했다.

그 인식은 얼마 되지 않아 바뀌었다.

전형적인 보수당이었던 한민국당의 행보를 국민들과의 공약 실천을 통해서 김태선이 바꾼 것이다. 덕분에 서울로 올라와 시의원으로 다시 뽑힐 수 있었다.

"사람들의 신뢰는 어떤 무기보다 강력합니다. 그걸 사용하지 않는다면 의원으로서의 자격이 없겠죠."

더욱 흐뭇해진 김태선의 미소에 박해명도 기분이 좋아졌다. 김태선에게 손을 내민 것은 박해명만이 아니었다. 국정원에서도 차기 대권주자인 그를 이용하기 위해 손을 내밀었다. 덕분에 노진현 대통령이 불투명하게 사용한 운영예산에 대한 정보도 얻었다.

물론 박해명도 그 사실을 알고 있었다.

"알겠네. 사람을 좀 더 뿌려보지."

"감사합니다. 앞으로도 잘 부탁드리겠습니다."

김태선은 박해명에게 90도로 허리를 숙여 인사했다.

차준혁의 사무실에 정적이 맴돌았다. 정작 사무실의 주
인인 차준혁은 없었고 신지연과 구정욱이 마주 보고 앉아
있었다. 지난번에 구정욱이 차준혁에게 딸의 친구를 만나
게 해달라고 했던 부탁을 들어준 것이다.

"제 딸의 친구에 대해서 대표님께 들었지만, 설마 새로
들어왔다던 비서일 줄은 몰랐습니다."

어색함 때문인지 구정욱은 그녀에게 극도로 존칭을 사용
했다.

"저는 혜원이 친구이니 말씀을 낮추세요."

이에 신지연은 처음 보는 친구의 아버지에게 최대한 예
를 갖췄다.

"고, 고맙구나."

"아니에요. 그보다 혜원이 말로는 출장이 잦은 직업이라
많이 바쁘시다고 들었어요."

"좀 그렇긴 했지."

출장이라기보다는 국정원 일이 너무 많아서 집에 자주
들어가지 못했다. 물론 가족들에게는 국정원이란 직업을
비밀로 해야 하니 출장이라 둘러댔다.

"혜원이랑 어머님이 그렇게 되고서 많이 힘드셨죠?"

신지연은 친구의 장례식 때도 상주자리에서 울고 있는

어머니만 봤다.

당시 구정욱은 정보팀장임에도 해외극비 임무를 나가 있었다. 그래서 딸의 죽음도 임무가 끝난 후에 집으로 돌아와 목을 매단 아내의 모습과 같이 알게 되었다.

구정욱은 임무 중이라는 이유로 그 사실을 알리지 않았던 국정원을 증오했다. 그럼에도 딸을 죽인 원수를 찾기 위해 국정원을 이용했다.

하지만 그 사실을 상부에 들켰고 불명예 퇴직까지 당했다.

"나야 그럴 수밖에 없었지. 자네야말로 어땠나. 차 대표님의 말로는 혜원이 때문에 경찰이 됐다고 하던데……."

"제 손으로 범인을 잡고 싶었어요."

"…미안하구나."

이런 상황에서 무슨 말을 해야 할지 몰랐다.

"아니에요. 그리고 세 명 중에 두 명은 교도소로 보낼 수 있었어요. 마지막 한 명은 아직이지만요."

해명그룹의 셋째 아들 박원준을 말함이다.

그는 사람을 죽여 놓고 남들보다 더 잘 살고 있었다. 피해자의 입장에서는 증오를 불태울 수밖에 없었다.

"준비가 되어가고 있으니 그놈은 걱정 마라."

앞에 두 명은 딸의 친구가 잡아넣었으니 구정욱으로서는 마지막 한 명만큼은 자신이 해결해야 했다.

물론 차준혁이 도와줄 테지만 한참 부족한 자신의 능력

으로써는 그게 최선이었다.

"그런데 대표님하고는 어떻게 아시게 된 건가요?"

그 물음에 구정욱은 잠시 뜸을 들였다. 신지연이 겨레회의 일원이란 사실을 차준혁에게 들었기 때문이다.

차준혁은 그녀가 묻는 말에 사실대로 대답해줘도 좋다고 했다.

"대표님이 경찰이 되기 전에 날 찾아왔다네. 자신을 도와준다면 딸의 복수를 할 수 있게 해준다고 말이야."

"이전부터 알고 지내던 사이셨어요?"

굉장히 사적인 이유였기에 면식이 있지 않는 이상 그런 제안을 내밀기가 힘들었다.

"그때 처음 봤네. 솔직히 나도 많이 놀랐지. 대표님이 나에게 도움을 요청했던 이유는 내가 국정원 출신이기 때문이야."

"정말요?"

신지연은 비서로 지내면서 구정욱이 모이라이에서 얼마나 큰 역할을 하는지 알게 되었다. 예전에도 기업의 임원이라 생각했다.

"이지후 팀장도 나와 비슷한 이유였지. 그 대상은 최근에 무너진 천성건설이고 말이야."

이에 신지연은 더욱 놀랐다. 뉴스로 봤기에 모이라이가 천성건설을 인수한 사실은 알고 있었다.

하지만 내면에 그런 관계가 있었는지는 몰랐다.

신지연의 뇌리로 차준혁이 했던 말이 스쳐 지나갔다.

"제 목표는 골드라인이라는 기업이니까요. 그들은 자신들의 재력을 이용해 대한민국을 조종하려는 놈들이에요."

목적대로라면 모이라이로 정말 재력과 권력을 악용하는 이들을 응징하겠다는 의미였다. 그리고 차준혁의 그 말대로 실천되고 있었다.

"어떻게 그런 일이 가능하죠?"

"나도 모르네. 사실 이 모이라이도 차 대표님이 혼자서 키운 것이나 다름없지. 우리는 지시받은 대로 움직인 것에 불과해."

더 이상 놀랄 것이 없을 거라 생각했던 신지연의 표정을 더욱 경악으로 물었다.

차준혁에게 비슷한 말을 듣긴 했지만 솔직히 한 사람이 기업을 키운다는 것 자체가 믿기지 않았다. 구정욱은 그런 신지연의 반응을 보면서 말을 이어 나갔다.

"마치 미래를 보는 사람 같았다네. 그렇지 않고서야 주식이나 부동산 투자에 대해서 빠삭하기가 힘들지. 물론 말도 안 되는 소리지만 말이야."

허황된 대답이었지만 정답에 근접했다. 신지연도 그런 대답이 황당한지 딱딱하게 굳어졌던 얼굴을 풀었다.

"당연히 말도 안 되죠. 하지만… 저도 좀 이상하긴 했어요."

차준혁을 그녀가 처음 봤을 때 했던 말들이나 행동이 떠올랐기 때문이다.

'설마 미래에 내가 준혁 씨를 만났던 걸까? 그걸 미리 보고서 날 그렇게 대한 건 아닐까?'

생김새나 이름, 거기다 커피취향까지 똑같은 사람이 존재할 리가 없다. 그녀로서는 구정욱의 허황된 대답이 살짝 의심스러웠다.

"아무튼 차 대표님은 보면 볼수록 신비한 사람이야. 뭔가 가벼우면서도 무겁고, 얕아 보이면서도 정작 그 깊이를 알 수 없으니……."

구정욱은 한 치의 거짓도 없이 차준혁을 보고 느낀 점을 읊었다. 그건 신지연도 공감하는 부분이었다.

파트너로서 수사를 할 때도 핵심만 정확하게 집어냈고, 지금도 일을 하면서 불필요한 부분은 완벽하게 배제하고 진행했다.

정말로 미래를 보는 것같이 느껴졌다.

"그럼 지경원 본부장님이나 주경수 선배님도 그런 건가요? 이지후 팀장님이나 구 상무님처럼요."

뭔가 캐묻는 질문이었지만 구정욱은 숨기지 않았다.

"조금 다르다네. 먼저 지경원 본부장은 아픈 여동생이 있던 대학생이었지. 그런 사람을 콕 집어서 찾아내더니 아무렇지 않게 일을 제안했다네. 물론 백혈병이던 여동생의

치료비에 대한 조건으로 말이야."

　신지연이 본 지경원의 업무능력도 구정욱과 마찬가지였
다. 젊은 나이임에도 수완이 좋은 대기업의 임원과 맞먹는
결단력과 분석 능력을 가지고 있었다.

　거기다 무슨 일에도 흔들리지 않는 냉철함까지 갖춰 직
원들 사이에서 아이스프린스라는 별명으로 불렸다.

　"하… 정말로 대표님은 어떻게 아신 거죠."

　"나야 모르지. 주경수 비서실장의 경우에는 차 대표님과
같은 부대에 있던 동료였다네. 얼마 전에 그의 어머니가
파워머니란 사기를 당하는 바람에 조폭이 될 뻔했지."

　이번 설명에 신지연의 눈이 크게 뜨였다.

　천성파가 관련되어 자신의 부모님도 큰일이 날 뻔했기
때문이다.

　"그 사건이라면 저도 알아요."

　"차 대표님이 경찰이었을 때 주경수 비서실장이 천성파
의 휘하조직에 있던 것을 빼왔지."

　차준혁이라는 한 사람의 인생이 이렇게 휘황찬란할 수
있을까. 신지연은 구전설화를 듣는 것만 같았다.

　"대표님은 왜 그렇게까지 하시는 거예요? 저번에 듣기
로는 골드라인이란 곳이 목표라고 하시던데요. 혹시 골드
라인이란 곳에 원수라도 있는 건가요?"

　그녀는 다른 이들처럼 복수가 원천일지도 모른다고 생각
했다. 하지만 구정욱은 고개를 저었다.

"언뜻 보면 그런 것도 같지만, 뭔가 더 멀리 보고 있는 것 같아."

구혜원에 대해서 시작됐던 대화는 모이라이 수뇌부에 대해서 흘러가는가 싶더니, 끝내는 차준혁에 대한 심층토론이 되어버렸다.

똑똑.

그러던 중 차준혁이 노크를 하고 얼굴을 내밀었다. 그는 둘의 대화가 심오할 듯싶어서 사무실을 빌려줬던 것이다.

"혹시 대화는 끝나셨습니까?"

차준혁은 밖에 있다가 대화소리가 끊긴 것을 들었다.

"난 끝난 것 같네."

"저도요."

"그럼 다시 일을 할 수 있겠네요."

이에 차준혁은 밖에서 보던 서류들을 잔뜩 챙겨서 들어왔다.

"죄송하게 됐군요."

"아닙니다. 공공장소에서는 대화하기 힘든 이야기니 조용한 곳이 좋잖아요. 그리고 말씀 놓으시라니까요."

구정욱은 최근 들어서부터 경어를 썼다.

"괜찮습니다. 원래는 이게 맞는 거니까요."

상무가 대표에게 하대하는 모습도 보기 좋지는 않았다. 물론 차준혁은 신경 쓰지 않지만 그의 말도 일리가 있기에 더 이상 뭐라 하지 않았다.

"아, 잠깐만요."

그사이 신지연은 깜박한 것이 있는지 밖으로 나가는 구정욱을 불러 세웠다.

"이거요. 수학여행 갔을 때 혜원이가 그 일을 당하기 전에 찍었던 거예요."

사진 한 장이었다.

그 안에는 고등학생인 신지연과 구혜원이 활짝 웃고 있었다.

"혜원이…의 마지막 모습이구나."

구정욱은 그 사진을 받아들고 자신도 모르게 눈물을 떨어트렸다.

활짝 웃고 있는 딸의 모습이 눈이 부셨다.

〈다음 권에 계속〉

어울림 BOOKS 신인 작가 대모집!

무한한 상상력과 뜨거운 열정을 가진 작가 여러분을 기다리고 있습니다.
창작에 대한 열의가 위대한 작품으로 꽃피울 수 있도록 저희 어울림 출판사가
여러분의 힘이 돼 드리겠습니다.

지금 도전하십시오!

모집 분야 : 판타지, 무협을 포함한 장르 문학

모집 대상 : 열정을 가진 모든 작가

모집 기한 : 수시 모집

작품 접수 방법 : 이메일 또는 당사 홈페이지 원고투고란을 이용해
주십시오.

▷ 파일은 '저자명_작품명.hwp' 형식을 갖춰 주십시오.

▷ 파일 안에 포함되어야 할 내용

- 성명(필명인 경우에도 실명을 밝혀 주십시오), 연락처,
이메일 주소, 집필 의도

- 현재 연재하고 계신 분은 연재 사이트와 아이디, 제목

- 전체 줄거리, 등장인물 소개(A4 용지 5매 이내)

- 본문(13~15만 자 이내)

채택된 작품은 정식 계약을 통해 출판물로 간행됩니다.
간행된 출판물은 당사의 유통망을 이용하여 전국 서점으로 배포됩니다.

※ 문의 사항은 **당사 홈페이지(www.oulim.com)** 또는
네이버 카페(http://cafe.naver.com/oulim0120)를 이용하시기 바랍니다.

경기도 고양시 일산동구 장항동 731 동하넥서스빌딩 307호
어울림 출판사 신인 작가 담당자 앞
전화 031) 919-0122 / **E-mail** flysoo35@nate.com